非官方

哈利·波特

神奇动物全书

麻瓜用巫师世界神奇生物完全指南

童话往事　陈功　编著

人民邮电出版社

北京

图书在版编目（CIP）数据

哈利·波特. 神奇动物全书 / 童话往事，陈功编著.
北京 : 人民邮电出版社，2025. -- ISBN 978-7-115
-66223-1

Ⅰ. I561.074

中国国家版本馆 CIP 数据核字第 20249R647F 号

♦ 编　　著　童话往事　陈　功
　　责任编辑　王　惠
　　责任印制　陈　犇

♦ 人民邮电出版社出版发行　　北京市丰台区成寿寺路 11 号
　　邮编　100164　　电子邮件　315@ptpress.com.cn
　　网址　https://www.ptpress.com.cn
　　北京市海天舜日印刷有限公司印刷

♦ 开本：880×1230　　1/32
　　印张：6.5　　　　　　　2025 年 5 月第 1 版
　　字数：189 千字　　　　2025 年 9 月北京第 4 次印刷

定价：59.80 元

读者服务热线：(010)81055410　印装质量热线：(010)81055316
反盗版热线：(010)81055315

前言

在巨著《神奇动物在哪里》(Fantastic Beasts and Where to Find Them)出版九十余年之后，著名神奇动物学家纽特·斯卡曼德依然是享誉世界的顶级魔法生物专家，对巫师和麻瓜所知的魔法生物了如指掌。实际上，他的这部巨著还是霍格沃茨魔法学校保护神奇动物课的课本。

巫师世界里有待发现的神奇生物不计其数：天上飞的、地上跑的、水里游的。但即便是像纽特这样经验丰富的专业人士，也无法找全每一种生物（更别说从每一种生物口中幸存下来），哪怕是有蜷翼魔的协助，完成这项任务也困难重重。

这就是本书的意义所在。

也许你一直都很好奇，为什么克鲁克山能看出老鼠斑斑是小矮星彼得？为什么树猴蛙不能再用作麻瓜警报器？为什么2014年魁地奇世界杯的开幕仪式沦为一场血腥事件，并殃及在场的每一个人？为什么弗洛伯毛虫一无是处（如果你真的对这玩意儿感兴趣的话）？你也许想要详细梳理十种不同的纯血种火龙，或者好奇为什么有些如尼纹蛇少了一个脑袋，或者想弄明白被比利威格虫刺伤会有什么后果，或者想了解恶婆鸟

的叫声（千万不要亲自尝试！），又或者想要确认神秘的弯角鼾兽究竟生活在北欧哪个国家。种种事实、理论和阴谋论，本书都将带你一探究竟。

这本书收录了目前已知的全球（甚至月球上的）所有神奇生物：从常见的蝙蝠、蜘蛛、老鼠，到只在卢娜·洛夫古德的嘴里听说过的珍稀物种。我们还附加了一些魔法零食、包含生物原材料的魔药、有形守护神、阿尼马格斯等相关知识，并囊括所有形式的生物，从人类到母夜叉，从博格特到女鬼，全都帮你收入囊中。

你对魔法生物知识的渴求都将在本书中获得满足。借助本书，你可以更加深入地了解这些神奇生物（包括由历史学家和神话学家代代相传的魔法生物故事），并学会如何在野外——甚至是你自家的后院——寻找它们的踪迹。

> 注意：在本书中，《神奇动物在哪里》(2001)指2001年出版的同名图书，《神奇动物在哪里》(2016)指同名真人电影，《神奇动物在哪里》(2017)指2017年再版的同名图书。

麻瓜网致读者

麻瓜网（MuggleNet）创立于1999年，是全球首屈一指的巫师世界资料网站。二十多年来，麻瓜网一直致力于为巫师世界的万事万物提供最权威的资料指南。

从"哈利·波特"系列畅销书，到火遍全球的真人系列电影，再到一部大获成功的百老汇舞台剧和一座主题公园……麻瓜网一直紧跟J.K.罗琳这部作品的步伐，见证了它从襁褓之中不断茁壮成长，并发展成为今天这样一个价值数十亿美元的商业体系，其衍生世界的魅力更是无穷无尽。

沉浸在这个神奇的巫师世界中，你将近距离接触喷火的巨龙、骄傲的鹰头马身有翼兽、蝙蝠、猫、看上去是猫实际上是巫师的"猫"，以及看上去是猫实际上是猫狸子的"猫"。这个世界到处是会吃人的巨型蜘蛛、会吸食灵魂的恶灵、悲伤的水鬼，还有一条连幽灵都能够石化的可怕巨蛇。这里的动物会爆炸，能旋转，会幻影显形，能缩小，会说话，能隐身，甚至会钻进你的耳朵里，还有一种小小的哺乳动物能从你鼻子底下偷走你的珠宝（检查一下它们的袋子，你就知道它们的厉害了）。

就连纽特·斯卡曼德这样的大师也没能收齐巫师世界所有已知生物的资料，更别说把这些信息汇总精简成一本便携实用的生物指南——直到本书的诞生。

这本书收录了哈利·波特宇宙中的所有生物，包括人、兽以及介于两者之间的存在。这里所说的"哈利·波特宇宙"，包括了原著小说、电影、话剧以及最新的"神奇动物"系列电影。

为了让读者更好地了解每种生物的细节，我们在每个条目中加入了一些基本数据信息，比如该生物具体出现在哪一部作品中，体型有多大，是不死族还是非不死族，有哪些颜色，是否有特别

微型

小型　　中型　　大型　　巨型　　庞大

这张比例图展示了像哈利·波特这样的年轻巫师与各种魔法生物站在一起时，魔法生物有多么庞大或者微小。

的性情或习惯，以及该生物在巫师或者麻瓜世界的传说，或是 J.K. 罗琳笔下的形象。必要时我们还会加入该种族的知名成员，即在纽特或者哈利·波特的故事中发挥重要作用的经典角色。

本书的编汇是一个充满乐趣的过程，我们希望你在阅读过程中也能收获同样的快乐。但是阅读时请小心，不要被他人发现，否则平斯夫人可能会收缴本书并放回禁书区。

目 录

反踵人 Abarimon

登场作品

《神奇动物：格林德沃之罪》

体型 中型

类型 非不死族

特征 全身多毛，长相与人相近，双脚向后生长

你知道吗？

反踵人可能是巴西的库鲁皮拉在亚洲的远亲

　　反踵人被神奇马戏团宣传为一种外来野兽，实际上它们是一种来历不明的人形生物。如果它们和麻瓜传说中的反踵人是同一种生物的话，那么他们很可能生活在亚洲的喜马拉雅山区。反踵人浑身长满毛发，最大的特点就是反向生长的双脚。根据麻瓜传说，反踵人生活在南亚山区，虽然他们的脚向后生长，但它们的速度极快，而且攻击时很凶狠。它们唯一的弱点是：因为已经习惯了自然栖息环境的稀薄空气，所以无法在其他环境下生存。亚历山大大帝的检验官、罗马博物学者老普林尼曾提到这种生物的栖息环境非常独特，所以人们无法在其自然栖息地以外看到反踵人。这也是为什么所有试图把反踵人抓回地中海的尝试都以失败告终。

　　虽然不确定反踵人究竟是动物还是人（或者根本就不存在），但是登山者和生活在高海拔地区的人确实很难适应不同环境下的氧气浓度。

八眼巨蛛 Acromantula

登场作品

《哈利·波特与密室》、《哈利·波特与阿兹卡班的囚徒》、《哈利·波特与火焰杯》、《哈利·波特与"混血王子"》、《哈利·波特与死亡圣器》、《神奇动物在哪里》（2001）

体型 大型

类型 非不死族

特征 毛茸茸的巨型黑蜘蛛，有锋利的螯、八条腿、八只眼睛，能分泌毒液

你知道吗？

八眼巨蛛非常畏惧蛇怪。哈利和罗恩在调查密室里的怪物时获知这个知识

　　八眼巨蛛无疑是巫师世界最可怕、最危险的生物之一。它是一种巨型蜘蛛，腿展可达15英尺（1英尺=0.3048米）。八眼巨蛛全身覆盖着浓密的黑毛，巨大的螯会在兴奋或生气的时候咔嗒作响。八眼巨蛛还能分泌出一种毒液，这种毒液是制作魔药的珍贵材料。虽然它们会说人话，而且通常认为它们的智力接近人类，但是魔法部依然把他们归类为"兽"而不是"人"。八眼巨蛛无法人工养殖，而且是出了名的巫师杀手，所以魔法部对它们的评级为×××××。

　　八眼巨蛛是肉食性生物，它们身形巨大，喜欢捕食大型猎物。雌性八眼巨蛛通常比雄性的体型更大，而且一次性可产下多达100枚沙滩排球大小的白色柔软蜘蛛卵，孵化时间为六至八周。鉴于八眼巨蛛的高致命性，魔法生物管理控制司把它们的卵归为A类禁止贸易物品，任何进口或售卖八眼巨蛛卵的行为都会遭受严惩。

八眼巨蛛起源于婆罗洲，偏好丛林环境，并且会织出穹顶形状的网。因为它们能说人话，所以推测它们是在1965年《禁止动物培育实验法》生效之前由巫师创造出来的生物。实际上，对八眼巨蛛的最早目击记录是在1794年。虽然最早繁殖八眼巨蛛的目的可能是看守巫师的住处或者宝藏，但是它们无法被驯服，而且对人类来说非常危险。自20世纪40年代开始，霍格沃茨的禁林深处就出现了一个八眼巨蛛的群落。这些八眼巨蛛和海格的关系非常好，因为它们的首领阿拉戈克就是由海格一手养大的，但是它们对于其他巫师依然充满敌意（哈利和罗恩在二年级时就领教过它们的厉害）。阿拉戈克死后，它们把海格也视为敌人。在这些八眼巨蛛当中，至少有一只曾被放进1994—1995年三强争霸赛最后一项比赛的迷宫之中。在1998年的霍格沃茨之战中，食死徒把八眼巨蛛从森林赶向城堡，它们也因此出现在了露天场合。

八眼巨蛛和麻瓜所熟知的蜘蛛有着许多相似之处，但是明显不是同一个体型的生物。目前已知最大的蜘蛛是亚马孙食鸟蛛，这是一种狼蛛。在许多麻瓜的故事和神话中也能看到会说话的巨型蜘蛛的身影，包括J.R.R.托尔金的中土系列作品。

知名八眼巨蛛

阿拉戈克是霍格沃茨里的八眼巨蛛首领。海格还在读书时，从一名旅行者手中非法获得了一枚八眼巨蛛卵，并孵化出了阿拉戈克，然后把它藏在一个柜子里。1942—1943学年，汤姆·里德尔打开密室，并谎称阿拉戈克就是密室中的怪物，最终导致当时三年级的海格被开除。阿拉戈克最终逃进了禁林，并和海格带给它的雌性八眼巨蛛莫萨格组建家庭。在哈利六年级的时候，阿拉戈克病逝。海格选择了埋葬阿拉戈克的尸体，而不是让它的子嗣把它吃掉。

阿卡危蛆 Aquavirius Maggot

详见200页"阿卡危蛆"。

火灰蛇 Ashwinder

登场作品
《神奇动物在哪里》（2001）、《诗翁彼豆故事集》、
《神奇动物在哪里》（2016）

体型 微型

类型 非不死族

特征 身体纤瘦，没有四肢，全身呈灰烬色，眼睛发
红光

你知道吗？
凯特尔·伯恩教授曾经把一条火灰蛇变大，并让它在
霍格沃茨的舞台剧"好运泉"中饰演蚯蚓，最后引发
礼堂火灾

　　火灰蛇是一种小型灰蛇，寿命只有60分钟。这种生物通常出没于巫师的家中。它们诞生于不受遏制的魔法火焰。火灰蛇诞生后会四处爬行，寻找安静的地方产卵，直至变成灰烬消失。火灰蛇的卵无比炙热，并且会发出琥珀般的红光。保存完好的火灰蛇蛋是非常珍贵的药材，能够治疗疟疾，还能用于制作迷情剂。纽特·斯卡曼德在纽约寻找失踪的魔法生物时，就曾经使用一枚火灰蛇蛋换取情报。但是，如果火灰蛇蛋产下数分钟内没有及时冷冻，附近区域就会被迅速引燃。如果你的家中同时有多枚火灰蛇蛋，那就只能祈祷梅林保佑了。魔法部给予火灰蛇中等评级，原因可能是它们可怕的易燃性。火灰蛇在房子里爬行时会留下一条灰迹，细心的巫师是可以发现这些痕迹的。火灰蛇很像麻瓜所熟悉的响尾蛇。响尾蛇生活在美国南部的干旱地区，在沙漠中爬行后会留下特殊的轨迹。

卜鸟 Augurey

登场作品
《神奇动物在哪里》（2001）、
《神奇动物：格林德沃之罪》、
《哈利·波特与被诅咒的孩子》

体型 小型

类型 非不死族

特征 外形像一只小型的秃鹫，有黑色和绿色羽毛，有锋利的鸟喙，会发出极具辨识度的哀嚎声

你知道吗? 卜鸟喜欢吃大型昆虫和仙子

　　卜鸟是一种瘦小的鸟形生物，也被称作"爱尔兰凤凰"，原产于英国和爱尔兰，偶尔也出没于北欧的其他地区。卜鸟的绿色和黑色羽毛不吸墨，所以无法用于制作羽毛笔。卜鸟是一种极度害羞的生物，它会在荆棘中建造出泪滴形状的巢穴，只有在下大雨时才会飞出来。

　　卜鸟的哀嚎声是它最具辨识度的特征。过去，巫师世界对卜鸟的哀嚎有着许多误解。这种低沉悲伤的哀嚎声曾经被认为是死亡的征兆，因此很多巫师为避免听到卜鸟的叫声而远离它们的栖息地。历史上有不少巫师听到卜鸟的叫声后心脏病突发的记录，这让卜鸟的名声更加糟糕。但是研究发现这种说法根本站不住脚，格里弗·波凯比在1824年出版的《当卜鸟号叫的时候我为什么没有死去》一书中对此有详细讲述。实际上，卜鸟的叫声只预示着大雨将至。虽然这让卜鸟成了实用的天气预报员，但许多巫师并不喜欢把卜鸟当宠物养，因为一到雨季卜鸟就会号叫个不停。

　　魔法部将卜鸟归类为无害和容易驯养的生物，所以你经常可以在巫师的家中看见卜鸟。尤菲米娅·罗尔就在笼子里养了一只卜鸟当宠物。这只卜鸟给伏地魔的遗孤戴尔菲留下了很深的印象，最终她把卜鸟变成了她的个人标志，并在脖子上文了一只卜鸟。著名的怪人尤里克饲养了至少50只卜鸟，甚至还和它们同睡一间房。因为经常听到卜鸟的哀嚎声，所以尤里克深信自己早已死去，并且变成了一个幽灵，为此他尝试穿墙而过，最终造成严重的脑震荡。

"Augurey"这个名字源自"augur"（占卜师）或者"augury"（占卜）。在古罗马，Augur 是负责占卜的官员，他们会通过鸟飞行的方式进行占卜。这种占卜方式也被称作"卜鸟"。传说罗马城的位置就是通过卜鸟来确定的。据哲学家普鲁塔克所说，罗慕路斯与雷穆斯在究竟要把罗马建在帕拉蒂尼山还是阿文丁山产生了争执，后来罗慕路斯看见帕拉蒂尼山上有12只秃鹫，雷穆斯看见阿文丁山上有6只秃鹫，最终两人决定把罗马建在帕拉蒂尼山上。

卜鸟这种占卜术早在罗马帝国建立之前就已存在。古埃及有卜鹰师，古希腊也有卜鸟师，世界其他地区还有通过鸟的鸣叫声来占卜的鸟占术。

知名卜鸟

列支敦士登魁地奇国家队的吉祥物是卜鸟汉斯。在2014年魁地奇世界杯四分之一决赛时，美国队球迷绑架了卜鸟汉斯，这让列支敦士登队的球迷非常担心。最后在列支敦士登魔法部和美国魔法国会主席的要求下，这场闹剧才结束，卜鸟汉斯被安全归还。

纽特·斯卡曼德在伦敦的公寓里养了一只名叫帕特里克的卜鸟。

女鬼 Banshee

登场作品
《哈利·波特与密室》、《哈利·波特与阿兹卡班的囚徒》、
《哈利·波特与火焰杯》

体型 中型

类型 魔族

特征 外形像一名留着黑色长发的女子，绿色皮肤，面如骷髅，会发出可怕的尖叫声

你知道吗？
歌手塞蒂娜·沃贝克在现场表演时，曾安排女鬼担任和声

女鬼原产于爱尔兰和苏格兰，她们外形像幽灵，她们的尖叫声预示着死亡。巫师世界同样非常惧怕女鬼的外貌和声音。在三年级的黑魔法防御课上，西莫·斐尼甘的博格特就是一个女鬼，证明女鬼是他最恐惧的东西。

根据凯尔特神话，女鬼也叫报丧女妖，是一种幽灵或者仙女，被视作恶兆。听到她的哀号声，就意味着家中会有人去世。在一些故事中，看见女鬼的人也难逃一死。有些人认为只有爱尔兰或苏格兰血统的家族才能看见女鬼。

这种传奇生物催生了"scream like a banshee"（像女鬼一样尖叫）这一俗语，用来形容刺耳的尖叫声，或者让人不适的狂躁行为。

知名女鬼

班登女鬼因为吉德罗·洛哈特的《与女鬼决裂》一书而在巫师世界家喻户晓。《与女鬼决裂》讲述的是吉德罗·洛哈特击败班登女鬼的故事，但实际上真正击败班登女鬼的不是他，而是另一位不知名的女巫，但是吉德罗对她使用了遗忘咒，并窃取了她的成就。

蛇怪 Basilisk

登场作品
《哈利·波特与密室》、
《哈利·波特与阿兹卡班的囚徒》、
《哈利·波特与火焰杯》、《哈利·波特与凤凰社》、
《哈利·波特与"混血王子"》、
《哈利·波特与死亡圣器》、《神奇动物在哪里》（2001）

体型 巨型

类型 非不死族

特征 深绿色，毒牙，黄色眼睛

你知道吗？
1943年，汤姆·里德尔打开密室后，哭泣的桃金娘被蛇怪杀死。自此以后，她的鬼魂就一直在她遇害的卫生间里出没

蛇怪是一种体型巨大、极度危险的绿蛇，它们是通过把鸡蛋放在癞蛤蟆的身体下面孵化出来的。历史上有文字记录的第一条蛇怪，是由一个名叫"卑鄙的海尔波"的希腊巫师培育出来的。

蛇怪最长可达50英尺。它的牙毒性极强，但是它们真正的危险之处在于眼睛。任何直视它们黄色巨眼的人都会当场死亡。

但是，如果是以间接方式与蛇怪对视，比如看到蛇怪的倒影，那就会被石化。赫敏·格兰杰是因为从镜中看到蛇怪而被石化，科林·克里维是通过相机取景器看到蛇怪而被石化。二人后来都通过服用由曼德拉草制作的魔药恢复正常。差点没头的尼克虽然直视了蛇怪的眼睛，但他只是被石化而没有死亡，因为他本身就是幽灵，没有办法再次被杀死。

蛇怪是一种食肉动物，能够吃下包括人类在内的各种哺乳动物，以及部分鸟类和爬行动物。只要食物供给充足，蛇怪可以活得非常久。雄性蛇怪和雌性蛇怪的区别在于，雄性的头顶上会有一根猩红色的羽毛。雄性和雌性蛇怪都会定期蜕皮。

哈利·波特上二年级时，人们发现霍格沃茨学校下方的密室里潜藏着一条巨型蛇怪。这个密室是由霍格沃茨的联合创始人萨拉查·斯莱特林所建，他在密室里藏了一条蛇怪，以清除校园里的麻瓜血统学生，因为他知道，只有他或者他的后代才能够控制蛇怪。

哈利用格兰芬多之剑杀死蛇怪后，剑上沾染了蛇怪的毒液，这使剑获得了摧毁魂器的能力。这种毒液的毒性很强，中毒的人在经历几分钟的昏沉状态后便会死亡。目前已知的解药只有凤凰的眼泪。

魔法部给蛇怪的评级是×××××。这个评级意味着这种生物擅于弑杀巫师且无法被驯养。只有蛇佬腔能够控制蛇怪。在中世纪之后，养殖蛇怪就被定性为违法行为。这条法律已被纳入《禁止动物培育实验法》。

希腊和罗马传说中都有蛇怪的身影。在这些故事中，蛇怪被描绘成蛇的形象或者蛇与公鸡的混合体。和鸡身蛇尾怪一样，蛇怪也是从蛋里孵化出来的。大部分和蛇怪有关的故事都提到它们能以眼杀人，或者具有将对方石化的能力。在一些麻瓜的神话故事中，蛇怪还能喷火，并且能一次性消灭所有敌人。

知名蛇怪

最有名的两条蛇怪都非常长寿。一条是卑鄙的海尔波培养出来的蛇怪。这条蛇怪据说活了900年；另一条是被哈利杀死的斯莱特林的蛇怪。这条蛇怪在被放入密室之后还活了将近1000年。

比利威格虫 Billywig

登场作品
《哈利·波特与死亡圣器》、
《神奇动物在哪里》（2001）、
《神奇动物在哪里》（2016）

体型 微型

类型 非不死族

特征 鲜艳的蓝色，巨大螫针，旋翼翅膀

你知道吗？
当纽特一行来到纽约市的盲猪酒吧时，他们听到有首歌的歌词里提到比利威格虫

比利威格虫是一种很难被人注意到的微小蓝色昆虫，乍看上去和普通苍蝇无异。虽然它的个头非常小，但是位于头顶的旋翼赋予它们超快速的飞行能力，它们可以一边旋转一边飞行。比利威格虫的圆形身体末端长着一根长长的螫针。这些螫针风干后可以用来制作各种魔药。据说巫师糖果滋滋蜜蜂糖里也有这种原料。

比利威格虫原产于澳大利亚，这种昆虫深受澳大利亚年轻巫师的欢迎，因为被比利威格虫蜇后会狂笑不止，并在空中飘浮。不少巫师还会为了被蜇而故意激怒比利威格虫。但是请注意，多次被蜇后可能会导致严重过敏反应，过敏者可能会长时间飘浮甚至永远无法落地。因此，魔法部给了比利威格虫一个中等评级。

知名比利威格虫

纽特·斯卡曼德的箱子里就有一只比利威格虫。1926年，纽特来到纽约市时，这只比利威格虫逃出了箱子。

炸尾螺 Blast-Ended Skrewt

登场作品
《哈利·波特与火焰杯》、《哈利·波特与凤凰社》、
《哈利·波特与"混血王子"》、
《哈利·波特与死亡圣器》

体型 大型

类型 非不死族

特征 能从尾部发射火焰，外壳坚硬，腹部柔软，无可见嘴部

你知道吗?
《禁止动物培育实验法》禁止英国巫师对魔法生物进行杂交繁殖，这也是纽特·斯卡曼德最骄傲的一项成就

炸尾螺是哈利·波特上四年级时，海格非法培育出来的一种杂交生物。炸尾螺原产于英国，是火螃蟹和人头狮身蝎尾兽的杂交品种。

刚孵出来的幼年炸尾螺有种烂鱼的臭味。成年炸尾螺外形就像一只巨大的畸形蝎子，身体包裹在坚硬的甲壳中，而且没有明显的头部或嘴部。雄性炸尾螺长着一根尖尖的螯针，雌性炸尾螺的腹部长有一个吸吮器官。炸尾螺不会冬眠。因为炸尾螺闪亮的外壳可以阻挡咒语，而且能够从尾部射出火焰，所以它们的破坏性极强，且很难驯服。

在佛罗里达环球影城的哈利·波特主题区，你在玩"海格的神奇生物摩托历险"（Hagrid's Magical Creatures Motorbike Adventure）项目时可以看到一只栩栩如生的炸尾螺。

知名炸尾螺

在三强争霸赛的第三项任务中，哈利遭遇了一只长达10英尺的炸尾螺。哈利使用障碍咒击中了它柔软的腹部，从而将其击败。

泡泡鼻涕怪 Blibbering Humdinger

详见第201页"泡泡鼻涕怪"。

B

吸血怪 Blood-Sucking Bugbear

登场作品
《哈利·波特与密室》

体型 中型

类型 非不死族

特征 外形像一头大熊

你知道吗?
当霍格沃茨的公鸡接连离奇死亡时,海格怀疑是吸血怪在搞鬼

吸血怪是一种危险的魔法生物,偶尔会在霍格沃茨附近游荡,据推测是一种原产于英国的生物。在中世纪的英国民间传说中,bugbear 是一种捕食小孩的魔熊,这些故事通常用来吓唬不听话的小孩。吸血怪还出现于现代的麻瓜奇幻小说和角色扮演游戏中。在这些作品中,吸血怪经常被描绘成类似妖精的生物,而不是熊一样的生物。

大猎犬 Boarhound

登场作品
《哈利·波特与魔法石》、《哈利·波特与密室》、《哈利·波特与阿兹卡班的囚徒》、《哈利·波特与火焰杯》、《哈利·波特与凤凰社》、《哈利·波特与"混血王子"》、《哈利·波特与死亡圣器》

体型 小型

类型 非不死族

特征 肌肉强壮,喜欢摇尾巴

你知道吗?
大猎犬也叫大丹

大猎犬是一种原产于德国的大型家养犬,因其性格温顺而常被称作"温柔巨人"(gentle giants)。海格的宠物狗**牙牙**就是一头巨大的黑色大猎犬,它和主人一样善良,每次海格去禁林时,它都会跟在身边。在哈利·波特系列电影中,牙牙由好几头纽波利顿獒犬轮流饰演。其中一头名叫雨果(Hugo)的搜救犬负责在前三部电影中饰演牙牙。

未命名
普通生物

巫师世界充满了魔法生物，但"哈利·波特"系列也有许多非魔法生物。

蝙蝠

哈利在霍格沃茨上低年级时，每年的万圣节晚宴上，礼堂里的天花板和墙壁上就会挂满活蝙蝠，有些甚至会从餐桌上方飞过。尚不确定这项传统是否在哈利四年级后中断，也有可能是因为哈利的心里惦记着其他更重要的事情，所以没有再关注这些细节。

鸡

鸡在巫师世界中和麻瓜世界一样普遍。韦斯莱一家在陋居养了鸡。哈利在韦斯莱家暂住的时候，偶尔也会帮忙打扫鸡舍。海格也在霍格沃茨养了鸡，推测是用于为食堂提供鸡肉。

虽然鸡是一种非常普通的生物，但它在魔法世界中扮演着一个重要角色。蛇怪就是通过把鸡蛋放在蟾蜍的身体下面孵化出来的，而且公鸡的啼叫声能对蛇怪造成致命伤害。当霍格沃茨的密室被打开时，被附身的金妮为了保护蛇怪而杀死了学校里所有的公鸡，并用鸡血在墙壁上写下可怕的留言。

山羊

巫师会把山羊当作宠物饲养，阿不思·邓布利多的弟弟阿不福思尤其钟爱山羊，他小时候就曾和妹妹阿利安娜一起养羊。哈利上四年级时，阿不思·邓布利多透露阿不福思曾经因为对山羊违法使用魔咒而遭到魔法部控告（但具体细节并未透露）。

孔雀

马尔福家族会饲养白孔雀作为宠物，这也是他们炫富的一种方式。魁地奇世界杯比赛期间，那些门口拴着好几只孔雀的豪华丝制帐篷就属于马尔福家族。同样喜好显摆的吉德罗·洛哈特使用的签字笔也是一支巨大的孔雀羽毛笔。

老鼠

既然罗恩可以在霍格沃茨养宠物老鼠，那么霍格沃茨很有可能存在其他宠物老鼠。只不过罗恩的宠物老鼠斑斑实际上是一名阿尼马格斯——小矮星彼得，他一直以老鼠形态秘密生活在韦斯莱家。海格养的挪威脊背龙诺伯和鹰头马身有翼兽巴克比克都是以老鼠为食，小天狼星布莱克越狱后的几个月里也是靠吃老鼠为生。

渡鸦

虽然拉文克劳学院的名字里带了"raven"（渡鸦）一词，但实际上拉文克劳的吉祥物不是渡鸦，而是一只鹰。渡鸦其实是莱斯特兰奇家族的标志，也是莱斯特兰奇家族的一家之长——科沃斯（Corvus，意为"乌鸦"）的名字由来。纽特·斯卡曼德在霍格沃茨读书时，曾经为了照顾一只受伤的渡鸦雏鸟而选择在假期留校。

蜘蛛

和麻瓜世界一样，巫师世界里也到处是蜘蛛。当密室被打开，蛇怪被释放时，生活在霍格沃茨的蜘蛛纷纷逃跑，因为蛇怪是蜘蛛最惧怕的生物。李·乔丹养了一只狼蛛当宠物。哈利小时候住的储藏间里满是蜘蛛，所以他对蜘蛛早就习以为常。相反，罗恩则非常害怕蜘蛛。自从弗雷德和乔治兄弟俩把罗恩的泰迪熊变成一只巨大的蜘蛛后，蜘蛛就成了他的梦魇。

乌龟

达力·德斯礼小时候养了一只宠物乌龟，但他是一个非常糟糕的宠物主人。他曾经因为哈利住进他的第二卧室而发脾气，为了泄愤，他把那只可怜的乌龟扔到了温室的屋顶上。

博格特 Boggart

登场作品
《哈利·波特与阿兹卡班的囚徒》、
《哈利·波特与火焰杯》、《哈利·波特与凤凰社》、
《哈利·波特与死亡圣器》、《神奇动物：格林德沃之罪》

体型 不详

类型 魔族

特征 会变成观察者最恐惧的形象

你知道吗？
"疯眼汉"阿拉斯托·穆迪曾使用他的魔眼查看在抽屉里发出噪声的东西是不是博格特

博格特是一种会变形的幽灵，它们能够变成观察者最害怕的东西。理论上讲，没人知道真正的博格特长什么样子（也许"疯眼汉"穆迪除外）。麻瓜也能够感知到博格特的存在，但是麻瓜通常把它归结于想象力作祟。

博格特喜欢生活在黑暗封闭的空间，比如衣柜和橱柜，它们会通过发出噪声来暗示自己的存在。在阴暗的地下室或者阁楼角落也能发现它们的踪迹。

和恶作剧精灵（见157页）一样，博格特并非生物死后变成的幽灵，所以被归类为"魔"而不是"兽"。虽然博格特无法被杀死，但是可以用"滑稽滑稽"咒把它们变成可笑的东西，并引发施咒者大笑，笑声可以让它们消失。

对抗博格特的最佳方式是团体作战。在面对多个巫师时，博格特会不知所措，只能同时变化成好几种可怕的东西。在一些情况下，受限于所在的空间，博格特并不能还原出恐惧物体的原本大小。比如在哈利上三年级时，莱姆斯·卢平在黑魔法防御课上使用一只博格特进行教学。博格特在他面前变成了一个圆球，这个圆球代表的其实是卢平最害怕的东西——满月。

莫莉·韦斯莱最害怕失去她所爱的人。当她遇见一只博格特时，博格特在她子女的尸体和哈利的尸体之间反复变化。纽特·斯卡曼德很害怕变成办公室职员，所以他的博格特是一张魔法部的书桌。其他有名的博格特变身案例包括哈利·波特惧怕的摄魂怪（详见第43页），罗恩·韦斯莱惧怕的巨型蜘蛛，赫敏·格兰杰惧怕的麦格教授打出的不及格分数，以及纳威·隆巴顿惧怕的西弗勒斯·斯内普。

在哈利·波特三年级学期末的黑魔法防御课考试上，就使用了一只博格特。在三强争霸赛的迷宫任务中，其中一项障碍就是一只博格特。

博格特在麻瓜的童话故事中也曾出现，最有名的当数英国的民间传说。在这些传说中，博格特是住在人类房子里的小魔鬼，它们会骚扰屋里的小孩和宠物。在其他故事中，博格特是一种会在黑夜的道路、田野和沼泽里游荡的恶灵，以吓唬独行旅人为乐。

知名博格特

最臭名昭著的博格特应该是伦敦老城的榔头博格特，它常化身暴徒的模样在19世纪的伦敦街头游荡。坎特伯雷的老博格尔则是一个罕见的小型博格特，但它经常发出巨大的声响，在坎特伯雷远近闻名。斯特拉斯塔利的尖叫妖怪则是以苏格兰麻瓜的恐惧为食，它逐渐成长为一个巨大的黑影，但最终被捕获，并被封禁在一个火柴盒里。

护树罗锅 **Bowtruckle**

登场作品

《哈利·波特与凤凰社》、《神奇动物在哪里》（2001）、
《神奇动物在哪里》（2016）、
《神奇动物：格林德沃之罪》

体型 微型

类型 非不死族

特征 纤瘦，树枝状；颜色呈棕色或绿色；手指修长且锋利，适合刨挖

你知道吗?

一群护树罗锅叫作一个"分支"

　　护树罗锅是一种会保护魔法树木的小型生物，它们四肢细长，上面长着节瘤，每只手上有两根纤长的手指。它们的脸部像树皮一样的扁平，还长着一双黑漆漆的眼睛。在《神奇动物在哪里》系列电影中，护树罗锅头上长有叶子，看上去就像绿色的小树苗。护树罗锅生活在英格兰西部、德国南部和斯堪的纳维亚部分地区的森林中，它们只会在能够用作魔杖木材的树上筑巢。这些小小的森林生物以昆虫为食，尤其喜欢木虱。但对它们来说，最美味的东西是仙子卵。

　　魔法部把护树罗锅归类为可驯养生物中最无害的一种生物。大部分时候，护树罗锅都极度腼腆，但是面对威胁到它们家园的敌人，它们会毫不犹豫地发起攻击，甚至会用它们锋利的手指插入敌人的眼睛。纽特·斯卡曼德在霍格沃茨读书时，和一群护树罗锅成了朋友。在和它们长期相处的过程中，他已经能够理解它们复杂的社交生活和情感，以及它们的语言。在他的著作中，他建议魔杖制作人在从树上砍削魔法木材之前，应当先向护树罗锅供奉木虱。

　　哈利上五年级时，在格拉普兰教授的保护神奇动物课上第一次接触到护树罗锅。哈利把一只护树罗锅拿在手上时，他听到德拉科·马尔福在一旁说海格的坏话。哈利的手不由自主地越抓越紧，差点没把手中的护树罗锅掰断。心有怨恨的护树罗锅立刻在他的手上狠狠地凿了两下，然后逃进了禁林。

麻瓜所知的一些昆虫也能像护树罗锅一样通过混入树林或植物中来隐藏自己，比如竹节虫和树叶虫。竹节虫看上去就像树枝；树叶虫则有着树叶形状的身体和腿，使它们能够完美地混入树叶之中。

知名护树罗锅

纽特·斯卡曼德在他的箱子里养了一群护树罗锅，但是他最宠爱的是一只叫皮克特的护树罗锅，而且他经常把皮克特带在身边。其他护树罗锅——芬恩、马洛、提图斯和汤姆对纽特的偏心行为非常不满。有一次皮克特感冒生病，纽特就一直把他放在外套口袋中，用体温给它取暖。皮克特康复之后，拒绝回到树上和其他护树罗锅一起生活，坚称它遭到了它们的霸凌。从此以后，纽特就一直把皮克特藏在自己的口袋里。

皮克特跟随纽特来到纽约，陪他一起寻找其他走失的魔法生物。后来纽特和蒂娜·戈德斯坦被诬陷释放了默默然并害死了一名麻瓜，并因此被判处死刑。所幸皮克特帮助纽特撬开了手铐，他们得以成功逃离。后来蒂娜带着纽特去了一家地下酒吧找她的线人纳尔拉克。纳尔拉克是一名魔法生物贩子，可能知道纽特的隐形兽的下落。看见纽特口袋里的皮克特后，纳尔拉克提出要用皮克特作为交换，否则拒绝透露任何信息。万般无奈之下，纽特被迫交出皮克特。就在这时，美国魔法国会的傲罗对酒吧展开突击搜查，纽特趁机抓走皮克特，并使用幻影显形咒逃离现场，事后他声称，"宁愿砍掉自己的手"也不愿意把皮克特交出去。

后来纽特、蒂娜、雅各布·科瓦尔斯基被囚禁在尤瑟夫·卡玛的下水道牢房中时，也是皮克特撬开牢房的门锁，把三人救了出来。

虎皮鹦鹉 Budgerigar

登场作品
《哈利·波特与密室》、《哈利·波特与凤凰社》

体型 微型

类型 非不死族

特征 野生虎皮鹦鹉的羽毛多为黄绿色，翅膀和背部有黑色扇形花纹，尾巴修长且呈暗蓝色

变种 家养鹦鹉有包括蓝色、紫色、灰色和白色在内的各种不同颜色

你知道吗？
和大部分鹦鹉一样，虎皮鹦鹉的羽毛在紫外线的照射下会发光

虎皮鹦鹉，又名娇凤，以植物种子为食，常见颜色为黄色和绿色，也有部分品种为蓝色、紫色、灰色或白色。它们的翅膀上有黑白色扇形花纹，尾巴较长，呈墨蓝色。野生虎皮鹦鹉常见于澳大利亚，它们在澳大利亚干旱酷热的环境中生活超过了五百万年。自19世纪以来，人类就开始养殖虎皮鹦鹉，虎皮鹦鹉是排在狗和猫之后饲养量最大的宠物。虎皮鹦鹉能够模仿人类说话，经过训练还可以学会吹口哨、唱歌和玩游戏。

哈利上二年级时，吉德罗·洛哈特在他的黑魔法防御课上展示了一群康沃尔郡小精灵。哈利注意到它们叽叽喳喳的叫声很像一群虎皮鹦鹉在吵架。

知名虎皮鹦鹉

生活在英格兰南约克郡的鹦鹉邦吉是一只会滑水的虎皮鹦鹉。当时哈利躲在德思礼家客厅的窗户下面，想从麻瓜新闻中搜寻关于伏地魔的蛛丝马迹，结果只听到鹦鹉邦吉的新闻。哈利认定既然当天的头条新闻是一只会滑水的虎皮鹦鹉，那么伏地魔当时应该还没有什么大动作。

斗牛犬 **Bulldog**

登场作品
《哈利·波特与阿兹卡班的囚徒》、
《哈利·波特与凤凰社》

体型 小型

类型 非不死族

特征 肌肉发达，头大肩宽，脸短皮松

你知道吗？
在二战期间，斗牛犬因其坚韧的性格和酷似英国首相温斯顿·丘吉尔的长相，而成为英国的标志

斗牛犬是一种身材矮壮的狗，长着一张标志性的皱巴巴的短脸。在过去，人们训练斗牛犬是用来和牛进行搏斗取乐的。而如今，斗牛犬主要是当作宠物驯养。斗牛犬性格友善，能和儿童友好相处，而且对主人忠贞不二。弗农·德思礼的姐姐玛姬·德思礼曾带着她的斗牛犬利皮来女贞路做客。玛姬姑妈变成气球飘上天花板后，弗农·德思礼想要把她拉下来，却被利皮咬了腿。

斑地芒 **Bundimun**

登场作品
《神奇动物在哪里》（2001）

体型 大小不等（若不即时处理会长得非常大）

类型 非不死族

特征 看上去像一块绿色菌类，味道难闻，长着许多条腿

你知道吗？
斑地芒的分泌物可用于制作魔法清洁产品

斑地芒是一种非常麻烦的扁平生物，它们以污垢为食，并且会分泌出一种难闻的黏液，这种黏液还会腐蚀建筑物。魔法部给斑地芒中等评级，以警告巫师不要对它们掉以轻心。使用简单的清洁咒"清理一新"，就能清除这些讨人厌的东西，但是如果碰上顽固的斑地芒，则应联系魔法生物管理控制司的害虫咨询处上门清理。

凯波拉 Caipora

出处
J. K. 罗琳创建的哈利·波特官方网站（Harry Potter, 曾经以 Wizarding World 为名）

体型 小型

类型 魔族

特征 浑身长毛的幽灵

你知道吗？
凯波拉是巴西魔法学校卡斯特罗布舍的守卫

　　凯波拉是一种浑身毛茸茸的幽灵。这种擅长恶作剧的生物生活在亚马孙热带雨林中，经常会在夜晚趁着夜色在茂密的丛林中游走。它们还经常在巴西魔法学校卡斯特罗布舍惹是生非，扰乱正常的校园生活。讽刺的是，凯波拉还是卡斯特罗布舍的守卫。很多时候它们的表现都很像霍格沃茨的皮皮鬼。卡斯特罗布舍校长在听到霍格沃茨校长阿芒多·迪佩特抱怨皮皮鬼的事情后，主动提出要送些凯波拉给她，让她领教一下什么才叫真正的麻烦。

　　巴西的麻瓜部落流传着凯波拉的故事。在不同地区的传说中，凯波拉有时是男性，有时是女性。麻瓜认为凯波拉害怕光，所以在丛林中行走时，麻瓜会随身携带火把用于防身。猎人认为凯波拉会故意隐藏动物的踪迹，吓跑动物，它们还会通过在丛林中留下虚假的踪迹、模仿动物的声音让猎人迷路。

猫 Cat

登场作品

《哈利·波特与魔法石》、《哈利·波特与密室》、
《哈利·波特与阿兹卡班的囚徒》、
《哈利·波特与火焰杯》、《哈利·波特与凤凰社》、
《哈利·波特与"混血王子"》、
《哈利·波特与死亡圣器》、《神奇动物在哪里》(2001)

体型 小型

类型 非不死族

特征 毛茸茸的四腿生物,常见品种多达数十种,性格千差万别

你知道吗?

哑炮特别喜欢养猫

在巫师群体中,猫是一种非常受欢迎的动物,也是霍格沃茨允许学生饲养的少数几种宠物之一。和巫师世界的大部分生物一样,这些猫并不是普通的猫。有些猫可能是阿尼马格斯,比如米勒娃·麦格教授,她能够变身成一只眼睛周围有眼镜花纹的虎斑猫。当年她就是以阿尼马格斯的形态守在德思礼家外面,等候年幼的哈利·波特到来。有些守护神也会以猫的形态出现。麦格教授、多洛雷斯·乌姆里奇的守护神都是猫,傲罗金斯莱·沙克尔的守护神也是猫,但是其外形更接近山猫。

长久以来,麻瓜一直把猫和女巫及巫术联系在一起。民间传说常认为猫有九条命,因为猫非常聪明,总有办法脱离险境,而且不管从多高的地方跳下来,它们总能四脚落地。

据说古埃及人不仅是最早养猫的人,而且是最早驯化猫的人。虽然古埃及人养猫的主要目的是抓老鼠,但是他们对猫非常敬重,甚至把他们奉为代表智慧、力量、优雅与镇定的神明。在古埃及建筑和象形文字中,都能看出他们对猫的喜爱。

有些人猜测,许多凶猛的猫科动物之所以表现得如此尊贵,就是因为它们自古以来就受到人类的崇拜。

知名猫

　　霍格沃茨最有名的猫是阿格斯·费尔奇饲养的 洛丽丝夫人，这只猫很招学生的嫌弃，因为他们都认为这只猫会向费尔奇打小报告。虽然哈利、罗恩和赫敏都不喜欢洛丽丝夫人，但这并不代表他们不喜欢猫。赫敏三年级时，从对角巷的神奇宠物店收养了一只毛茸茸的大肥猫，并给她取名叫克鲁克山。后来我们才得知这并不是一只普通的猫，而是一只混血猫狸子（详见第116页）。哈利第一次见到克鲁克山时被它的体型吓了一跳，称它"要么是一只非常大的猫，要么是一只非常小的老虎"。克鲁克山的体型和长相可能是受到猫狸子基因的影响。它第一次见到罗恩的宠物老鼠斑斑时，就表现出了猫狸子的敏锐性格。从一开始，它就意识到斑斑不是一只普通老鼠。它的直觉是正确的，后来大家发现斑斑其实是小矮星彼得的阿尼马格斯形态。克鲁克山还带领哈利三人组找到了小天狼星布莱克。当哈利想要袭击布莱克时，克鲁克山甚至跳出来保护小天狼星，因为直觉告诉它布莱克是个好人。

马人 Centaur

登场作品
《哈利·波特与魔法石》、《哈利·波特与凤凰社》、
《哈利·波特与"混血王子"》、
《哈利·波特与死亡圣器》、《神奇动物在哪里》（2001）

体型 中型

类型 非不死族

特征 下半身是马，上半身是人

你知道吗?
霍格沃茨的禁林中生活着一群马人

　　马人是一种非常神奇的动物。他们有着马的力量和人的智慧，而且能预知未来。魔法部给马人的评级是××××，这不是因为他们经常表现出攻击性，而仅仅是为了提醒巫师：对待马人一定要心怀敬意。

　　马人是一种非常骄傲和聪明的森林生物，他们喜欢群居，但不愿与外人接触。马人精通占卜、星象和治疗，他们时刻关注行星的运动，利用星相学知识预测未来。但是他们不会对将要发生的事情进行干预，而是置身事外，在一旁观察。马人对于人类的事情兴趣寥寥，也不愿意和人类保持密切关系。海格向哈利描述马人时，曾经精准地形容他们："永远别指望能从马人口中得到直截了当的回答。这帮讨厌的观星者，除了月亮周围的东西，他们什么都不关心。"

　　请记住，一旦你遇到一群马人，最好的应对方法就是先乖乖道歉，然后尽快离开，不管是巫师还是麻瓜都是如此。马人对于巫师和麻瓜都没什么耐心，因为他们天生不信任人类。这种根深蒂固的偏见，可能解释了为什么他们宁愿生活在森林里也不愿意和巫师接触。魔法部曾经主动提出把他们分类为"人"，这就意味着马人可以积极参与到巫师世界的管理中。但是因为马人对巫师世界没有兴趣，加上魔法部给他们的评级和母夜叉、吸血鬼是一样的，这令他们非常恼火，所以马人还是选择被分类为"兽"。因此时至今日，他们依然和巫师保持距离。他们经常生活在魔法部以及巫师政府划分给他们的森林里，在这些地区，他们碰上麻瓜的概率非常低。

马人在麻瓜世界和在巫师世界同样家喻户晓。你可以在麻瓜的民间传说与神话中发现他们的身影。巫师和麻瓜都认为马人源自希腊，但是麻瓜认为这只是虚构的。麻瓜的传说中有不少关于马人起源的故事，其中最有名的是希腊神话中伊克西翁的故事。传说伊克西翁是拉皮斯人的国王，他爱上了宙斯的妻子赫拉。愤怒的宙斯为了戏弄伊克西翁，把一朵云变成了赫拉的样子，并给她取名叫涅斐勒。伊克西翁果然中计，很快涅斐勒便怀上了伊克西翁的孩子，但是因为宙斯从中作梗，涅斐勒生下了一个畸形的孩子，并给他取名为肯陶洛斯。后来，肯陶洛斯和皮立翁山的母马生活在一起，并生下了第一批马人。

因为马人源自古希腊神话，所以你可以在希腊的各种艺术品中看到马人的身影。古希腊建筑，尤其是神殿中，有各式各样的装饰性雕塑都是马人的形象。他们还出现在许多古希腊陶器上。

在古希腊神话中，马人往往被描述成一种野蛮的生物，比如他们经常会掠夺人类女性。但是马人对于这种描述会感到被冒犯，因为他们很少会掳走人类（多洛雷斯·乌姆里奇被掳走的那次是个例外）。有时候，马人也被描绘成教师的形象，这和禁林中的马人形象更加接近。

古希腊神话经常把马人描绘成山林中的野生生物或是森林中的恶灵，他们以树枝和石头为武器。禁林中的马人则是使用弓箭作为武器，而且个个都是神箭手。

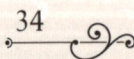

知名马人

费伦泽可能是霍格沃茨师生最熟悉的马人。他有着一头白金色的头发、金黄色的身体和蓝色的眼睛。哈利和他第一次见面是在一年级。当时，哈利和赫敏、纳威、马尔福因为在睡觉时间违反规定离开宿舍，而被罚在禁林中关禁闭。在寻找一只受伤的独角兽时，哈利和马尔福撞见一个戴着兜帽的神秘人正在喝独角兽的血。马尔福转身逃跑，神秘人则一心追逐哈利。就在这时，费伦泽及时出现，救下了哈利。他驮着哈利远离危险，并告诉哈利那个神秘人正是伏地魔。不久费伦泽撞上了另外两名马人——**贝恩**和**罗南**。因为看到费伦泽居然驮着一个人类，贝恩和罗南怒不可遏，并提醒他马人不是"普通的骡子"。

哈利在霍格沃茨就读期间，这些马人时不时出现。哈利上五年级的时候，占卜课教授西比尔·特里劳妮被多洛雷斯·乌姆里奇开除，接替她职位的正是马人费伦泽。在他的第一节课上，费伦泽就明确指出人类并不擅长预测未来，马人也很看不起算命这种行为。在他看来，要想精通占卜必须花费多年的时间钻研，并且提到有时候要证实马人根据星相做出的预言，可能需要十年之久。

费伦泽在霍格沃茨任教一事触怒了他的族人。他们认为费伦泽与巫师打交道是叛徒行为，并将他驱逐出群落。幸好海格及时出手相助，费伦泽才没有被族人杀死。作为回报，费伦泽警告海格，他教导自己同母异父的弟弟格洛普学习人类礼仪的努力只是徒劳。

要说明马人究竟能有多危险，最好的例子莫过于哈利、赫敏和多洛雷斯·乌姆里奇遭遇马人的故事。哈利和赫敏谎称要带领乌姆里奇去寻找邓布利多藏在禁林中的秘密武器，没想到遇上了马人。乌姆里奇向来目中无人，只尊重纯血统巫师，她蔑称马人是"肮脏的杂种""智商不及人类的野兽"，还向马人的首领**玛格瑞**发起攻击。原本就无法忍受人类的贝恩为了保护首领，把又踢又叫的乌姆里奇抓进了禁林深处。

邓布利多去世后，费伦泽和霍格沃茨的其他马人一起出席了他的葬礼，后来还勇敢地加入霍格沃茨之战。伤势痊愈后，费伦泽重新回到禁林的马人群落，他的族人也重新接纳了他。

客迈拉兽 Chimaera

登场作品
《哈利·波特与凤凰社》、《哈利·波特与死亡圣器》、
《神奇动物在哪里》（2001）、《神奇的魁地奇球》

体型 大型

类型 非不死族

特征 狮子的头，山羊的身体，火龙的尾巴

你知道吗?
在哈利的《神奇动物在哪里》课本中，不知道是哈利还是罗恩写了一句"海格迟早会弄到手"（因为买卖客迈拉兽的蛋是非法行为）

　　客迈拉兽原产于希腊，是一种非常凶猛的狮头羊身龙尾混合兽，它们的蛋是 A 级禁止贸易物品。魔法部给这种可怕的生物评级为××××××，意味着客迈拉兽是不折不扣的巫师杀手，无法被驯服。著名的卡菲利飞弩队魁地奇球员"危险"戴伊·卢埃林就是在米克诺斯岛度假时，被一头客迈拉兽吃掉。埃非亚斯·多吉在周游世界时，险些被一只客迈拉兽杀死。根据纽特·斯卡曼德的说法，历史上唯一成功杀死客迈拉兽的巫师，在骑着飞马离开时不慎坠亡，遗憾的是，史书上并未记载他的名字。虽然这种生物极具危险性，但是为了给五年级学生上魔法生物保护课，海格依然想办法弄到了一批客迈拉兽的蛋。但是赫敏建议不如学习刺佬儿（详见第115页），海格听到后非常伤心。

　　客迈拉兽源自希腊神话，它是堤丰和厄喀德娜这两只怪物的孩子。希腊英雄柏勒洛丰在天马珀伽索斯的帮助下杀死了客迈拉，但是在他骑着天马飞向奥利匹斯山时，不小心坠马身亡。另外在深海中，有一种会使用有毒背刺进行防御的鱼类也叫 Chimaera（中文译作"银鲛"）。

毛螃蟹 Chizpurfle

登场作品
《神奇动物在哪里》（2001）

体型 微型（1/20英寸，约 1.27 毫米）

类型 非不死族

特征 外形像螃蟹，有很大的獠牙

你知道吗？
毛螃蟹特别喜欢寄生在燕尾狗和卜鸟身上

　　毛螃蟹是一种体型微小、像螃蟹一样的动物，喜欢生活在魔法生物的皮毛或羽毛中，类似于麻瓜世界的跳蚤。虽然毛螃蟹对人类无害，但是它们很容易在魔法家庭中繁殖，需要用魔药甚至联系魔法生物管理控制司的害虫分部才能有效驱除它们。在巫师的家中，毛螃蟹会食用残留魔药或者魔杖。虽然它们喜欢以魔法物质为食，但在魔法稀少的时候，它们也会攻击麻瓜的电器。这就是为什么许多麻瓜新买的电器会莫名其妙损坏。

　　毛螃蟹很可能是麻瓜世界的"小魔怪"（gremlin）的真身。二战时期，很多飞机引擎出故障，都被认为是一种名叫小魔怪的生物在捣乱。

　　"毛螃蟹"的英文 Chizpurfle 是已有英文单词的混合体。Chiz 的意思是"不便"、"麻烦"或者"欺骗"，purfle 的意思是"饰品的花边"。Chizpurfles 其实指的是这种生物生活在魔法生物的皮毛或者羽毛的边缘，并给接触到它们的巫师带来麻烦。

食羊兽 Chupacabra

登场作品
《神奇动物：格林德沃之罪》

体型 小型

类型 非不死族

特征 长有吸血獠牙，身体像蜥蜴一样

你知道吗？
食羊兽被描述为一种半矮人生物，所以推测它们具有一些人类的特性

食羊兽是一种吸血爬行动物，原产于北美和南美。"Chupacabra"这个名字在西班牙语中就是"吸羊怪"的意思。虽然一些传说把食羊兽描绘为爬行动物，但是在其他故事中，食羊兽长得很像狗。很多麻瓜认为所谓食羊兽不过是患有兽疥癣的狗或者郊狼。但巫师们很清楚它们究竟是什么。

知名食羊兽

盖勒特·格林德沃搭乘一辆飞行马车前往欧洲接受审判时，利用一只名叫安东尼奥的食羊兽幼崽帮助自己逃跑。被关押在美国魔法国会监狱期间，这只食羊兽是和格林德沃用链子锁在一起的，后来格林德沃把它藏在一个装魔杖的盒子里。当鲁道夫·斯皮尔曼打开盒子时，安东尼奥从盒子里跳出来，咬了他的脖子一口。格林德沃成功逃跑后，毫不犹豫地把安东尼奥扔出了马车。尚不清楚这只食羊兽是否幸存了下来。

树猴蛙 Clabbert

登场作品
《神奇动物在哪里》（2001）

体型 小型

类型 非不死族

特征 长着像猴子一样的长臂，绿色皮肤，头上长角，嘴巴像青蛙，尖牙，手上有蹼，前额有脓包

你知道吗？
树猴蛙以蜥蜴和鸟类为食

树猴蛙生活在树上，头顶上有一个脓包。在察觉到危险的时候，脓包会发出红光。巫师曾经利用树猴蛙来提防靠近的麻瓜，但是麻瓜会以为树猴蛙是圣诞彩灯而进一步靠近，最终迫使国际巫师联合会禁止使用树猴蛙作为安保工具。树猴蛙被归类为无害生物。

鸡身蛇尾怪 Cockatrice

登场作品
《哈利·波特与火焰杯》

体型 巨型

类型 非不死族

特征 公鸡头，龙或者蛇的身体

你知道吗？
鸡身蛇尾怪是通过把鸡蛋放在癞蛤蟆的肚子下孵出来的，这一点和密室里的蛇怪差不多

在麻瓜神话中，鸡身蛇尾怪是一种等同于蛇怪的可怕生物。在这些神话中，鸡身蛇尾怪只需眼睛一瞥、身体一碰或者喷火即可杀人。要击败这种可怕生物，可用公鸡的啼叫声，或者用镜子反射它的目光。据说只有鼬鼠能够对它的技能免疫。赫敏从《霍格沃茨：一段校史》中得知，在1792年的三强争霸赛中，一只鸡身蛇尾怪"发狂"，并用这个故事告诉弗雷德、乔治和哈利：三强争霸赛的裁判可能是各个学校的校长。

弯角鼾兽 Crumple-Horned Snorkack

详见第202页"弯角鼾兽"。

燕尾狗 Crup

登场作品
《神奇动物在哪里》（2001）

体型 小型

类型 非不死族

特征 长着叉状尾巴的杰克罗素梗犬

你知道吗？
被燕尾狗咬伤后，伤者可能会连续吠叫好几天

　　燕尾狗外形很像杰克罗素梗犬，只不过长了一条叉状的尾巴。燕尾狗是由英格兰东南部的巫师创造出来的，它们对巫师极度忠诚，但是对麻瓜很不友好，因此生活在麻瓜附近的巫师必须获得相应执照才能饲养燕尾狗。燕尾狗长到六七周大时，燕尾狗的主人必须切除它的尾巴，以免引起麻瓜不必要的关注。燕尾狗什么都吃，因此巫师可以利用它们清除院子里的轮胎、花园地精等各种垃圾。著名歌手塞蒂娜·沃贝克和1760年美国魔法国会主席索恩顿·哈卡威都养了燕尾狗。哈卡威的燕尾狗还在弗吉尼亚州威廉斯堡袭击了住在附近的多名麻瓜，不久哈卡威便因为此事引咎辞职。

　　麻瓜把杰克罗素梗犬视作英国本地犬，所以你很难确定你眼前的究竟是一只燕尾狗还是杰克罗素梗犬。杰克罗素梗犬原本用作猎狐犬，是一种精力极其旺盛的狗。和燕尾狗一样，杰克罗素梗犬有时也会非常顽固或者有攻击性。

　　在纹章图案中，叉状尾是一种常见元素，尤其常见于狮子。分叉的尾巴可以代表狮子的愤怒或者强大。

库鲁皮拉 *Curupira*

出处
哈利·波特官方网站

体型 小型

类型 非不死族

特征 红毛，双脚向后生长

你知道吗?
在一些神话故事中，库鲁皮拉长着绿色的牙齿

库鲁皮拉是巴西魁地奇国家队的吉祥物。它们是一种红发矮人，双脚向后生长。在2014年魁地奇世界杯开幕式中，因为斐济队和挪威队的吉祥物发生冲突引发骚乱，库鲁皮拉也加入混战中。库鲁皮拉的外形像凯波拉，但是和凯波拉是两种截然不同的生物，应当区别对待。

麻瓜认为库鲁皮拉是一种长着红发的男性矮人，生活在巴西森林中。关于库鲁皮拉的传说出自亚马孙热带雨林的原住民图皮人，"库鲁皮拉"这个名字的意思是"浑身长满水泡"或者"孩子的身体"。库鲁皮拉热爱恶作剧，想要追踪它们脚步的旅行者最终会在森林中迷路。但是，库鲁皮拉也是动植物的保护者，它们会愚弄和误导在森林中过度捕猎的猎人，能够制造幻象，模仿动物和人类的声音，并且发出尖锐的声音吓唬猎人。这些矮人身体强壮，奔跑速度飞快。在传说故事中，它们经常把原产于美洲的野猪——领西猯当成坐骑。

摄魂怪 Dementor

登场作品

《哈利·波特与阿兹卡班的囚徒》、
《哈利·波特与火焰杯》、《哈利·波特与凤凰社》、
《哈利·波特与"混血王子"》、
《哈利·波特与死亡圣器》、
《神奇动物在哪里》（2001）、
《哈利·波特与被诅咒的孩子》

体型 中型

类型 魔族

特征 身披黑色兜帽长袍；双手骨瘦如柴，长满疙瘩；呼吸沉重

你知道吗？

麻瓜看不见摄魂怪，但是哑炮看得见

　　根据莱姆斯·卢平的说法，摄魂怪是"地球上最邪恶的生物"。摄魂怪身披黑色兜帽长袍，体型高大，并且以希望和快乐为食，被他们袭击的受害者内心只会留下痛苦的感受和回忆。只要有机会，摄魂怪就会献出摄魂怪之吻，用它们像空洞般的嘴巴吸尽目标的灵魂。虽然被摄魂怪吻过的人并不会死，但他们将会失去一切人格和所有记忆，余生都像行尸走肉般活着。

　　在遭遇摄魂怪袭击后，可以通过食用巧克力来恢复。但是要想驱逐摄魂怪，则必须使用守护神咒。要想使用守护神咒，需要集中精神回忆快乐的事情，并念出咒语"呼神护卫"。守护神将会以动物的形状具象化，具体是什么动物因人而异。如果咒语足够强大，就能把摄魂怪赶走。打败摄魂怪的方法有很多，哈利甚至在黑魔法防御术的论文中挑战了斯内普的应对策略。

　　魔法部安排摄魂怪负责看守臭名昭著的巫师监狱阿兹卡班，摄魂怪的存在导致许多囚犯直接发疯。阿兹卡班原本是热衷折磨麻瓜的黑巫师艾克斯蒂斯的城堡。摄魂怪就是从这座城堡中累积的绝望中诞生的。艾克斯蒂斯死后，魔法部发现了这个地方。他们担心拆毁这座建筑可能会招致居住于其中的摄魂怪的报复，于是，时任魔法部部长的达摩克利斯·罗尔决定把阿兹卡班改建成一座监狱。在将近三百年的时间里，没有任何一个巫师能够从阿兹卡班逃脱。但是在金斯莱·沙克尔担任魔法部部长后，他用傲罗取代了监狱里的摄魂怪。

　　摄魂怪本身没有视力，所以无法用隐形斗篷骗过他们，因为他们能够敏锐地感知到人类的情绪，进而察觉人类的存在。老巴蒂·克劳奇利用这一点，让他的妻子代替小巴蒂·克劳奇进入阿兹卡班服刑。因为当时这对母子都非常虚弱和绝望，所以摄魂怪没有发现犯人被调包。小天狼星布莱克是通过变成一只狗骗过了摄魂怪，这一形态让他能够在一定程度上对摄魂怪免疫。因为坚信自身无辜，并且一心要找到小矮星彼得，小天狼星成功抵挡住了摄魂怪，最终以阿尼马格斯形态逃出了阿兹卡班。

　　小天狼星布莱克越狱后，摄魂怪被派去守卫霍格沃茨。在摄魂怪搜查霍格沃茨特快列车时，哈利·波特第一次遇见他们，并当场晕厥。后来摄魂怪又出现在魁地奇比赛的现场，导致哈利直接从飞天扫帚上坠落。哈利会出现过激反应，是因为摄魂怪迫使他想起了父母的惨死。为了保护自己，他决定接受莱姆斯·卢平的私下授课，学习守护神咒。卢平使用博格特（博格特会变成摄魂怪的形态）帮助哈利直面自己的恐惧，并且培养出对抗摄魂怪的能力。虽然哈利在课上并没有成功召唤出有实体的守护神，但是在接下来的一场魁地奇比赛中，当德拉科·马尔福和他的同伙假扮成摄魂怪吓唬哈利时，却被哈利的守护神咒吓得不轻。到了该学年末，当摄魂怪试图亲吻哈利时，哈利在时间转换器的帮助下终于成功制造出有实体的守护神，赶走了数以百计的摄魂怪。后来，摄魂怪因为袭击无辜学生而被调离霍格沃茨。

哈利上四年级时，康奈利·福吉坚持要把摄魂怪带去霍格沃茨，以便保护他不受食死徒小巴蒂·克劳奇的伤害。不等福吉下令，这些摄魂怪迅速包围小巴蒂·克劳奇，并献上摄魂怪之吻，导致无法认定小巴蒂·克劳奇究竟在伏地魔的复活中扮演了一个什么角色。

第二年，多洛雷斯·乌姆里奇派了两名食死徒前往哈利所在的女贞路骚扰他，希望能以这种方式让他被开除，并抹黑他的名声。面对摄魂怪，哈利被迫使用守护神咒救出自己和表哥达力。随着伏地魔的势力日渐壮大，越来越多的摄魂怪选择离开阿兹卡班加入伏地魔。在他们的帮助下，伏地魔的十名信众得以成功越狱。为了抵御摄魂怪，哈利在邓布利多军内部教授成员如何召唤守护神。

在哈利上六年级之前，摄魂怪离开阿兹卡班并开始繁衍，导致英国的仲夏一直笼罩在一层绝望的迷雾之中。《预言家日报》上频繁出现摄魂怪袭击的报道，虽然麻瓜看不见这些可怕的生物在他们周围飞行，但是他们还是能够感知到摄魂怪寒气逼人的存在。

哈利上七年级那年，摄魂怪已经全员加入伏地魔的麾下，并协助忠诚于他的食死徒逃离阿兹卡班。魔法部被伏地魔控制后，雇佣摄魂怪看守那些因所谓"盗取魔法罪"而被捕的麻瓜血统人士。后来在农村地区的某个麻瓜小镇，哈利也遭遇了摄魂怪，但他无法制造出守护神。很快，他便发现随身携带的被诅咒的魂器项链导致他无法对抗摄魂怪。摄魂怪还被用于对霍格莫德村实施宵禁，并在霍格沃茨之战期间看守禁林。绝望缠身的哈利面对摄魂怪时一度陷入危险境地，幸运的是西莫·斐尼甘、厄尼·麦克米兰和卢娜·洛夫古德及时赶到，让哈利意识到自己不是一个人在战斗，并重获力量展开反击。后来哈利回到禁林，准备去找伏地魔迎接死亡时，莉莉·波特、詹姆·波特、小天狼星和卢平的灵魂保护他不受摄魂怪的伤害。

在《哈利·波特与被诅咒的孩子》中，在其中一条平行时间线中，摄魂怪在霍格沃茨四处作乱。为了保护斯科皮·马尔福，罗恩和赫敏牺牲了自己，并被摄魂怪亲吻。

J.K.罗琳证实了她对摄魂怪的描述源于她对抗抑郁症的亲身经历，她形容抑郁症期让人"感觉再也不会开心，没有一丝希望。那是与悲伤截然不同的生不如死的感觉。悲伤让人痛苦，但至少是一种健康的感受，是一种不可缺失的感受。但是抑郁很不一样"。"摄魂怪"这个名字很可能源自"dement"这个词，意为"使人发狂"。

摄魂怪的外形很像苏格兰麻瓜神话中的恶灵。恶灵只需轻触人的身体，即可夺走人的灵魂。这些梦魇般的东西经常被描述成穿着黑色斗篷，长着枯瘦、死尸般的肢体。和摄魂怪一样，恶灵的出现会导致四周的空气变冷，天空变黑。他们有时会像寄生虫一样，以吸食受害者的能量为生。据说恶灵是生前热衷于黑魔法——尤其是那些渴望永生——的人的鬼魂，所以他们被罚永世在人间飘荡。恶灵只能用神圣之物才能击败。

隐形兽 Demiguise

登场作品
《哈利·波特与死亡圣器》、
《神奇动物在哪里》（2001）、
《神奇动物在哪里》（2016）

体型 小型

类型 非不死族

特征 长相类似猴子，银色长毛，硕大的黑色眼睛，经常处在隐身状态

你知道吗?
虽然很多隐身衣都是用隐形兽的毛发制成的，但哈利的隐形斗篷不是，因为它用了几十年后依然能够完美隐身

　　性格温顺的隐形兽生活在东方国家，因为它们能够隐形，所以很难被发现。隐形兽的外形很像猴子，浑身覆盖着又长又美丽的银色毛发。这些毛发可以用来制作隐身衣。但是随着时间的流逝，这些毛发的隐形效果会逐渐褪去，变得不再透明。隐形兽具备预知能力，能够看到即将发生的事情。在使用预知能力的时候，它们的黑色眼睛会变成亮蓝色。因为同时具备隐身能力和预知能力，所以这种生物的捕捉难度极高。魔法部给隐形兽的评级是××××。虽然评级很高，但是这种生物性格温顺，只吃植物。

　　隐形兽的外形很像麻瓜世界一种名叫"叶猴"的猴子。隐形兽的英文是"Demiguise"，"demi"的意思是"半"或者"部分"，"guise"指的是外表。这个名字可能是指它能够随心所欲地隐藏自己。

知名隐形兽

　　纽特·斯卡曼德在他的箱子里养了一只名叫杜戈尔的隐形兽。纽特来到纽约后，杜戈尔从箱子里逃出来，并躲在一家商店里照顾一只鸟蛇。

球遁鸟 Diricawl

登场作品
《神奇动物在哪里》（2001）、
《神奇动物在哪里》（2016）

体型 小型

类型 非不死族

特征 毛茸茸、圆滚滚的鸟，长着蓝色和粉色的羽毛

你知道吗？
和凤凰一样，球遁鸟也可以幻影显形

　　球遁鸟是一种毛茸茸但不会飞的鸟，麻瓜称之为"渡渡鸟"。球遁鸟原产于毛里求斯，魔法部把它们视作无害生物。关于渡渡鸟的最早记录可追溯至1598年，但是在不到一百年的时间里，过度捕杀和栖息地破坏，最终导致渡渡鸟于1662年灭绝——当然，这只是魔法部给麻瓜制造的假象。球遁鸟可以使用幻影显形咒突然消失，只留下几根羽毛，然后在另一个地方出现。因为不能理解这种现象，麻瓜逐渐认定渡渡鸟已经灭绝。许多年来，渡渡鸟都被认为是一种神秘生物，但化石记录证实它们确实存在过。渡渡鸟突然灭绝，让麻瓜认识到人类的破坏可能导致某一物种的彻底灭绝。国际巫师联合会故意不告知麻瓜这种生物依然存在，希望他们能吸取教训，学会敬重生物。

　　在《神奇动物在哪里》（2016）中，纽特·斯卡曼德带了一只成年球遁鸟来到纽约市，它的幼鸟一直在不停地幻影显形。

双头蝾螈 Double-ended Newt

登场作品
《哈利·波特与阿兹卡班的囚徒》

体型 微型

类型 非不死族

特征
一种蝾螈，推测身体两端各长有一个头，没有尾巴

你知道吗？
在神话中，蝾螈和火蜥蜴都被视作火精灵

　　小说原作中并没有详细描述双头蝾螈长什么样子，只提到哈利、罗恩和赫敏在对角巷的神奇动物商店给斑斑治疗时，碰见一个男子正在询问如何照料双头蝾螈。蝾螈经常和巫术联系在一起，莎士比亚的戏剧《麦克白》中就提到三个女巫在熬煮汤剂的时候加入了"蝾螈之目"。但是"蝾螈之目"很可能是芥子，而不是真正的眼睛。

狐媚子 Doxy

登场作品
《哈利·波特与凤凰社》、
《哈利·波特与"混血王子"》、
《神奇动物在哪里》（2001）、
《神奇动物在哪里》（2016）

体型 微型

类型 非不死族

特征 身体像仙子一样娇小，有四只手和四只脚，牙齿有毒，黑色毛发，有甲虫一样的翅膀

你知道吗？
狐媚子一次可产下500枚卵

　　狐媚子也被称作"咬人仙子"，常见于北欧和美洲，是一种容易在家中肆虐的害虫。巫师可使用一种名叫"狐媚子灭剂"的东西使它们无法动弹，然后把它们清除。在格里莫广场12号期间，韦斯莱夫人安排哈利和其他人驱除房间里的狐媚子，哈利就是这样学会了清除狐媚子的方法。后来弗雷德和乔治还使用狐媚子的毒液制作了速效逃课糖。

火龙 Dragon

登场作品

《哈利·波特与魔法石》、《哈利·波特与密室》、
《哈利·波特与阿兹卡班的囚徒》、
《哈利·波特与火焰杯》、《哈利·波特与凤凰社》、
《哈利·波特与"混血王子"》、《哈利·波特与死亡圣器》、
《神奇动物在哪里》（2001）、《神奇的魁地奇球》、
《神奇动物在哪里》（2016）、
《神奇动物：格林德沃之罪》、
《哈利·波特与被诅咒的孩子》

体型 庞大

类型 非不死族

特征 能喷火，有翅膀，身体像爬行动物，且全身覆盖鳞片

你知道吗？

霍格沃茨的校训是"Draco Dormiens Numquam Titillandus"，这是一句拉丁语，意为"眠龙勿扰"

　　火龙是一种体型巨大、长有翅膀和鳞片的爬行动物，踪迹遍布全世界。因为它们能够飞行和喷火，所以无疑是人类已知最有名、最可怕的生物。魔法部对火龙的评级为××××，表明这是一种极端危险的生物，不仅是巫师杀手，而且无法驯养。雌龙的体型通常比雄龙更大，也更具攻击性。

　　火龙通常喜欢在山地筑巢。虽然各地的魔法部都竭尽全力保护这些巨型生物，避免它们被麻瓜发现，但多年以来，麻瓜目击火龙的事件层出不穷。1932年，一头普通威尔士绿龙突然袭击了一片挤满麻瓜的海滩，史称"伊尔福勒科姆事件"。为了消除目击者的记忆，巫师对当地的麻瓜使用了有史以来最大规模的遗忘咒。尽管如此，诸多火龙保护区至今仍隐藏在麻瓜的视线之外。身为驯龙师的查理·韦斯莱就是在罗马尼亚的一个火龙保护区工作。

　　火龙全身都是宝，尤其是龙血，阿不思·邓布利多已经发现了龙血的十二种不同功效。以火龙的心脏神经作为杖芯的魔杖能够施展强大的咒语，龙皮可以用来制作服装，龙角和龙肝都可以用来制作药剂，龙粪则是非常好的肥料。龙蛋被列为A类禁止贸易物品，龙蛋买卖和交易属于违法行为，其中中国火球龙的蛋壳是非常珍贵的魔药原料。目前已知的纯种火龙有十种，

它们分别是澳洲蛋白眼、中国火球、普通威尔士绿龙、赫布里底群岛黑龙、匈牙利树蜂龙、挪威脊背龙、秘鲁毒牙龙、罗马尼亚长角龙、瑞典短鼻龙、乌克兰铁肚皮。火龙可以通过杂交生出混血火龙，但是这种案例非常罕见。

在民间传说中，龙经常被描绘成体型巨大、长着翅膀的蜥蜴形生物。世界各地的传说中都有龙的影子。虽然不同地区对龙的描述不尽相同，但在大部分的故事和艺术作品中，龙都被描绘成一种会喷火的生物。关于龙的最早记录源自近东地区的神话。在这些神话中，龙被描绘成巨蛇。龙的概念究竟源自何处，目前尚不清楚。麻瓜的奇幻文学作品中有各种关于龙的形象，其中最有名的当数 J.R.R. 托尔金的《霍比特人》中的史矛革。在流行文化中，龙频繁出现于各种影视剧和游戏中，包括《龙与地下城》《龙腾世纪》《小龙斯派罗》等。

知名火龙

在哈利上一年级时，海格养了一只名叫诺伯的挪威脊背龙。他从一个戴着兜帽的神秘人（真实身份是奇洛教授）手中获得这枚龙蛋。作为交换，他透露了关于路威——守在霍格沃茨三楼走廊里的一只三头犬——的一些秘密。海格在自己的小屋里非法孵化小龙，但是因为这条龙长得太快，几周后，海格就不得不把它送去火龙保护区。查理·韦斯莱发现诺伯实际上是一条雌龙，并且给它改名叫诺伯塔。

·澳洲蛋白眼 Antipodean Opaleye

体型 巨型

类型 非不死族

特征 有珍珠状鳞片；眼睛五颜六色，没有瞳孔

你知道吗？

20世纪70年代末，一头雄性澳洲蛋白眼龙在澳大利亚杀害了许多袋鼠

> 澳洲蛋白眼是一种体型中等的火龙，全身覆满炫目多彩的鳞片，并且能喷出鲜红色的火焰。虽然这种龙更喜欢吃羊而不是人类，但是建议在欣赏澳洲蛋白眼时，还是应该保持一定距离。雌龙会产下浅灰色的龙蛋，因为颜色的原因，这些龙蛋有时会被误认为是化石。澳洲蛋白眼龙原产于新西兰，但澳大利亚也时有出现。

·中国火球 Chinese Fireball

体型 巨型

类型 非不死族

特征 红鳞，脸部周围有金色尖刺，双眼暴凸

你知道吗？

在三强争霸赛的第一项任务中，威克多尔·克鲁姆使用眼疾咒让一条中国火球变瞎，并取走了它的龙蛋

> 作为亚洲唯一的本土火龙，中国火球是中国的国宝。它们的红色龙蛋上有金色的斑点，在市场上可以卖出高价。即便是没有经验的巫师和业余的魔法生物学家，也能够通过它暴凸的眼睛、蘑菇形状的火焰、红宝石色的鳞片和脸部周围的金色尖刺轻松识别出它们。中国火球脸部周围的尖刺很像鬃毛，这也是为什么中国火球有时也被叫作"龙狮"。

· 普通威尔士绿龙 Common Welsh Green

体型 巨型

类型 非不死族

特征 通体呈鲜绿色

你知道吗?

在三强争霸赛的第一项任务中，芙蓉·德拉库尔的对手就是一只普通威尔士绿龙

普通威尔士绿龙被认为是攻击性最弱的龙之一，它们通常生活在山区，绿色的身体让它们可以混入草地中而不易被发现。为了保护普通威尔士绿龙，巫师世界专门设置了保护区，在这些保护区里巫师可以安全地欣赏这些生物。普通威尔士绿龙喜欢吃羊而不是人类（但在1932年，确实发生过威尔士绿龙袭击麻瓜海滩的事件）。它们的蛋是棕色的，上面布满绿色斑点。

· 赫布里底群岛黑龙 Hebridean Black

体型 巨型

类型 非不死族

特征 有蝙蝠一样的翅膀，紫色眼睛，尾部末端长有箭形尖刺

你知道吗?

19世纪初，班科里班格斯魁地奇球队试图捉一只赫布里底群岛黑龙作为他们的球队吉祥物，直到魔法部出面干预才作罢

赫布里底群岛黑龙来自苏格兰赫布里底群岛，是体型最大的火龙之一。最大的赫布里底群岛黑龙可以长达30英尺。同样作为英国火龙，赫布里底群岛黑龙远比普通威尔士绿龙凶狠。这种火龙主要以鹿为食，但是和大部分火龙一样，它也会捕食其他大型哺乳动物。通过他们脊背上的一排脊刺，你可以轻松地把它们和其他火龙区分开来。

·匈牙利树蜂龙 Hungarian Horntail

体型 巨型

类型 非不死族

特征 青铜色龙角，黄色眼睛，尾巴带刺

你知道吗？

在三强争霸赛的第一项任务中，哈利的对手是一只匈牙利树蜂龙。哈利使用召唤咒招来了他的飞天扫帚，并成功取得金蛋

匈牙利树蜂龙原产自匈牙利，它们全身覆满黑色鳞片，能够烧死方圆50英尺内的所有目标，被视作世界上最危险的一种龙。和大部分火龙一样，匈牙利树蜂龙并不挑食，而且以捕食家畜和人类闻名。匈牙利树蜂龙的蛋是灰色的。作为天生的斗士，幼龙还在蛋壳里时，就要用尾巴上的尖刺打破坚硬的蛋壳才能孵化。

·挪威脊背龙 Norwegian Ridgeback

体型 巨型

类型 非不死族

特征 毒牙，黑鳞，青铜色龙角

你知道吗？

挪威脊背龙外表很像匈牙利树蜂龙，也长着黑色鳞片和青铜色龙角

挪威脊背龙原产自北欧，是一种生活在挪威山区的稀有龙种。这种龙最大的特点就是脊背上有成排的突刺。根据查理·韦斯莱的说法，雌性挪威脊背龙比雄性更加凶狠。它们会产下黑色的龙蛋。幼龙的学习能力很强，并且会捕食各种各样的哺乳动物。根据19世纪的一则报道，曾有人目击一条挪威脊背龙抓着一头幼鲸飞过挪威海岸。但这其中可能有夸张成分。

· 秘鲁毒牙龙 Peruvian Vipertooth

体型 巨型

类型 非不死族

特征 毒牙，黄铜色鳞片，短角

你知道吗？ 成年秘鲁毒牙龙可长至 15 英尺

秘鲁毒牙龙原产于安第斯山脉，尽管是体型最小的火龙，但是它们的速度弥补了体型上的不足。秘鲁毒牙龙主要以牛羊为食，也会捕食人类。在19世纪晚期，国际巫师联合会曾派遣一支队伍前往秘鲁处理火龙泛滥的问题。龙痘传染病最早就是源于巫师和秘鲁毒牙龙的接触。

· 罗马尼亚长角龙 Romanian Longhorn

体型 巨型

类型 非不死族

特征 墨绿色，金色长角

你知道吗？
全世界最大的火龙保护区位于罗马尼亚，这是一个人气很高的巫师旅游景点，吸引了大量想要了解罗马尼亚长角龙和其他火龙的游客

罗马尼亚长角龙原产于中欧地区，这个名字源于它们闪闪发光的金色长角。罗马尼亚长角龙会用角刺死猎物，然后将猎物烧熟并迅速吃掉。罗马尼亚长角龙的角被归类为 B 类可贸易物品，在市场上可以卖出高价。这些长角研磨成粉后，可用于制作各种魔药。但是对于这些长角的需求很旺盛，导致长角龙的数量减少。世界各地的神奇动物学家都希望通过集中繁育的方式改变现状。

D

·瑞典短鼻龙 Swedish Short-Snout

体型 巨型

类型 非不死族

特征 银蓝色鳞片，蓝色火焰

你知道吗？

在三强争霸赛的第一项任务中，塞德里克·迪戈里的对手就是一只瑞典短鼻龙

瑞典短鼻龙原产于瑞典人烟稀少的山区，它们的龙皮呈现出漂亮的蓝色，经常被用来制作衣服和配饰。瑞典短鼻龙喷出来的火焰是极具标志性的亮蓝色火焰，这种火焰非常致命。研究者一致认为这种火龙造成的人类死亡率较低，纯粹是因为它们生活在偏远山区。和罗马尼亚长角龙一样，瑞典短鼻龙也有专门的火龙保护区，深藏在瑞典心脏地带的山区。

·乌克兰铁肚皮 Ukrainian Ironbelly

体型 巨型

类型 非不死族

特征 金属灰，红眼睛，爪子很长

你知道吗？

一战期间，纽特·斯卡曼德曾在东线和乌克兰铁肚皮一起共事

乌克兰铁肚皮原产于东欧，重达六吨，是体型最大、但也可能是行动最迟缓的火龙。因为体型巨大，它们可以在着陆时把身体下方的一切都压个粉碎。曾有报告称一只强壮的乌克兰铁肚皮从黑海抓走了一艘大船（所幸船上没人）。因为乌克兰铁肚皮经常做出类似的出格举动，所以数百年来，乌克兰巫师一直密切关注这些火龙的动向。

沼泽挖子 Dugbog

登场作品
《神奇动物在哪里》（2001）

体型 小型

类型 非不死族

特征 牙齿锋利，爪子上有鳍

你知道吗？
沼泽挖子生活在欧洲和美洲的沼泽地区

　　沼泽挖子喜欢吃曼德拉草，因此对于草药学家来说，这是一种非常让人头痛的生物。尽管如此，沼泽挖子却不是特别危险的生物，魔法部给了它们一个中等评级。沼泽挖子会把自己伪装成一段木头，巫师稍不留神就会被它一口咬住脚踝。

达库瓦迦 Dukuwaqa

出处
哈利·波特官方网站

体型 中型

类型 非不死族

特征 外形像鲨鱼，可以变成人

你知道吗？
在斐济的麻瓜神话中，达库瓦迦是鲨鱼神，也是航海之神

　　达库瓦迦原产于斐济，是一种能力超群的变形怪，能从原本的鲨鱼形态迅速变为人形。在第427届魁地奇世界杯的开幕式上，斐济队的达库瓦迦袭击了挪威队的吉祥物塞尔玛湖怪——一条巨型的湖蛇。这场可怕的事故最终造成300人受伤。

矮人 Dwarf

登场作品
《哈利·波特与魔法石》、《哈利·波特与密室》、
《哈利·波特与阿兹卡班的囚徒》、
《哈利·波特与死亡圣器》

体型 小型

类型 非不死族

特征 身高刚到人类膝盖，身材短小结实

你知道吗?
把玛姬姑妈变成气球后，哈利逃到了对角巷的破釜酒吧，并在那里遇见了好几个吵吵嚷嚷的矮人

　　矮人是一种身材矮小但非常强壮的人形生物，他们身高不过人类的膝盖。哈利与他们第一次相遇是在《哈利·波特与密室》中，当时吉德罗·洛哈特教授雇用了几个"一脸凶相"的矮人穿着金色的翅膀拿着竖琴，为霍格沃茨的学生送情人节卡片。当哈利意识到自己也将获得矮人提供的情人节歌唱服务时，他拔腿就跑。结果负责传信的矮人抱住他的膝盖将他绊倒，然后直接坐在了他的脚踝上。暗恋哈利的金妮悄悄躲在一旁，看着无比尴尬的哈利被迫听那个矮人背诵完一首让人浑身起鸡皮疙瘩的情诗。

　　在麻瓜的童话故事中，经常能见到矮人的身影。在《哈利·波特与死亡圣器》中，当哈利三人组谈论起《诗翁彼豆故事集》时，赫敏的麻瓜父母就提到了《白雪公主和七个小矮人》的麻瓜童话。矮人是北欧神话中的常客，麻瓜认为矮人与土地紧密相连，经常从事工匠、矿工和工程师类的工作。这可能也解释了为什么矮人总是以囤积宝石、金银等宝藏而闻名。有些神话甚至认为矮人能够锻造魔法物品。

恶尔精 Erkling

登场作品
《神奇动物在哪里》（2001）

体型 小型

类型 非不死族

特征 三英尺高，外形类似小精灵，脸部很尖

你知道吗？
恶尔精邪恶的笑声会蛊惑小孩

德国巫师对于恶尔精并不陌生，这种生物曾经给德国魔法部带来不少麻烦，因为它们生性爱吃小孩。恶尔精生活在德国的黑森林中，它们身高三英尺，长相像小精灵，能够通过尖锐的笑声把小孩引诱到身边并吃掉。幸运的是，在魔法部的严格控制下，恶尔精的数量已经不再泛滥，不会对居住在森林中的巫师造成过多的影响。在已知的最后一起恶尔精袭人事件中，六岁的布鲁诺·施密特用一个可折叠坩埚砸死了一只恶尔精。

根据魔法部的说法，只有技艺娴熟的巫师才能够面对这种高致命性生物。对于其他人来说，最好的做法是和恶尔精保持距离，并且告知孩子恶尔精的危险性。

当然，麻瓜对于恶尔精也并不陌生，只不过麻瓜称之为"Erlking"（妖精之王）。这种生物最早是以仙子之王的身份出现于德国浪漫主义作品中，丹麦民间传说中也有恶尔精的身影。《新牛津美语词典》将恶尔精解释为一种会"把小孩引向死亡"的妖精或者巨人。

毒角兽 Erumpent

登场作品
《哈利·波特与死亡圣器》、
《神奇动物在哪里》（2001）、
《神奇动物在哪里》（2016）

体型 大型

类型 非不死族

特征 外形像犀牛；灰色皮肤；长着一根尖利的犄角，内含爆炸性液体

你知道吗？
毒角兽的角几乎可以刺穿任何东西，不管是人体还是金属都不在话下

　　毒角兽原产于非洲，是一种非常强大但濒临灭绝的动物。导致毒角兽濒临灭绝，需要大家合力拯救的原因有很多，比如毒角兽一胎只生一只幼崽。交配季节对于毒角兽和毒角兽的研究者来说都很有压力，因为毒角兽的角内有一种液体，一旦接触就会发生爆炸。雌性毒角兽的角会发出一种美丽的橙色光芒，雄性毒角兽会为了争夺交配对象而用犄角对战至死。毒角兽的犄角、尾巴和爆炸液都是非常珍贵的魔药原材料，但是这些原料的交易受到严格管控，而且被认为非常危险。谢诺菲留斯·洛夫古德有一只毒角兽的犄角，但是他和卢娜都坚信这是弯角鼾兽的角（详见第202页）。当食死徒袭击洛夫古德的宅邸时，这只角发生了爆炸。

　　非洲巫师非常尊敬这种生物，魔法部对毒角兽的评级也体现出对这种生物的重视。任何胆敢挑衅毒角兽的巫师都要做好充分的心理准备，因为毒角兽的皮肤非常坚硬，能够反弹大部分咒语。

知名毒角兽

　　纽特·斯卡曼德在纽约市时，一头毒角兽从它的箱子里逃出来，来到了中央公园动物园，并试图和一只河马交配。

仙子 Fairy

登场作品

《哈利·波特与阿兹卡班的囚徒》、
《哈利·波特与火焰杯》、《哈利·波特与凤凰社》、
《神奇动物在哪里》（2001）

体型 微型

类型 非不死族

特征 小型人形生物，长着昆虫一样的翅膀

你知道吗?

仙子可能和狐媚子、小精灵和小魔鬼是亲缘物种

　　仙子是一种微小的人形生物，根据种类的不同，有些长着透明翅膀，有些长着五颜六色的翅膀。虽然仙子看上去像人类，但它们其实是卵生的。仙子通常会把卵产在叶子的背阴侧。对于护树罗锅（详见第26页）来说，仙子的卵是一种至高无上的美食。和许多昆虫一样，仙子刚孵出来时是颜色鲜艳的幼虫。幼虫会在6～10天后结茧，并在一个月后破茧而出。仙子主要生活在森林或者林中的空地上。

　　在麻瓜的民间传说中，仙子通常被描述为具备强力魔法的自然精灵。在不同类型的故事中，仙子对人类的态度时而友好善良，时而淘气顽皮，时而邪恶狠毒。而在巫师世界中，仙子是一种喜怒无常、毫无乐趣可言的生物，它们不会说任何可辨识的语言，也无法与人类进行沟通。仙子的魔法能力很弱，它们主要使用魔法来保护自己不受卜鸟（详见第14页）之类的天敌伤害。魔法部给仙子的评级为××，即基本无害。仙子是一种非常爱慕虚荣的生物，为了炫耀自己，它们甘愿充当装饰品。在圣诞舞会，霍格沃茨的部分场地被改造成了一片玫瑰花园，里面装饰了数以百计的仙子灯。

火螃蟹 Fire Crab

登场作品
《哈利·波特与阿兹卡班的囚徒》、
《哈利·波特与火焰杯》、《哈利·波特与凤凰社》、
《神奇动物在哪里》（2001）

体型 中型

类型 非不死族

特征 外形像乌龟，外壳上嵌满珠宝，尾部能发射火焰

你知道吗？
巫师偷猎者会用火螃蟹的壳制作坩埚高价出售

虽然这种生物名字叫火螃蟹，但是在外形上并不像螃蟹，而更像一只背上长满宝石的乌龟。巫师和麻瓜都垂涎它闪闪发光的壳，导致火螃蟹沦为濒危动物。为了保护这种本土生物，斐济魔法政府开辟了一片沿海的火螃蟹保护区，以便稳住当前的火螃蟹数量。

如果有巫师想要饲养火螃蟹当宠物，请注意，魔法部对火螃蟹的中等评级使得它们只能作为宠物售卖给持证主人，因为这种珠光宝气的生物绝非善茬，在遭受攻击时，它们会从尾部射出火焰进行自卫。

在霍格沃茨，海格非法将火螃蟹和人头狮身蝎尾兽（详见第123页）进行杂交，最后培育出了炸尾螺（详见第20页）。炸尾螺也长着厚厚的外壳，但是它们不是喷射火焰，而是炸出火星。哈利上三年级开始之前，就发现对角巷的神奇动物商店有火螃蟹出售。

麻瓜世界存在一种与火螃蟹类似的动物，那就是巨型陆龟，但不确定二者之间是否有关系。巨型陆龟的寿命长达两百年。和火螃蟹一样，巨型陆龟也因为被过度捕猎而沦为濒危动物。野生环境中的巨型陆龟更是少之又少。

小火龙 Firedrake

登场作品
《神奇动物：格林德沃之罪》

体型 小型

类型 非不死族

特征 龙形生物，体型很小，长有翅膀，身体像蛇，尾巴能放出火花

你知道吗？
小火龙可能是火龙或者飞龙的远亲

　　小火龙是一种红棕色蜥蜴，体型较小，长有翅膀，可能和火龙（详见第50页）有亲缘关系。但是火龙是从嘴里喷火，而小火龙是从尾巴放出火花。20世纪20年代末，神奇马戏团里有好几只小火龙。神奇马戏团是一个巡回马戏团，靠展示神奇生物赚钱，纳吉尼就是他们的展品之一。克莱登斯·巴瑞波恩逃脱美国魔法国会的追捕后，和纳吉尼成了好朋友。当盖勒特·格林德沃的一个手下告知克莱登斯他生母的所在地后，克莱登斯和纳吉尼决定永远离开神奇马戏团。纳吉尼变身为蛇，并攻击了马戏团团长斯坎德，而克莱登斯从笼子里放出了小火龙。这些小火龙飞上天空后，像放烟火般洒下火雨，点燃了马戏团的帐篷。在一片混乱之中，克莱登斯和纳吉尼趁机逃跑。

　　在麻瓜神话中，小火龙其实是火龙或者飞龙（详见第203页）的别名。相比火龙，小火龙可能更接近于飞龙，因为飞龙也只有两条腿而不是四条，而且没有嘴部喷火能力。

魔法动物
糖果

巫师世界有着各式各样的魔法糖果，但不是所有的魔法糖果都很美味（阿不思·邓布利多就曾吃到一个耳屎味的比比多味豆）。有些魔法糖果被做成了动物形状，而且各有亮点。

金丝雀饼干

魔法介绍 金丝雀饼干看上去就是普通的蛋奶饼干，但吃下去后会让你变成一只大金丝雀。不过不用担心，这种变形效果只是暂时的。

登场作品 《哈利·波特与火焰杯》

相关趣闻 弗雷德和乔治对普通的蛋奶饼干施了一个咒语，毫无防备的纳威吃下去后变成了一只大金丝雀，并成了整个格兰芬多公共休息室的笑柄。

巧克力蛙

魔法介绍 在电影中，巧克力蛙像真正的青蛙一样会乱蹦乱跳。但在小说原作中，巧克力蛙只是单纯的青蛙形状的巧克力。

登场作品 《哈利·波特与魔法石》、《哈利·波特与阿兹卡班的囚徒》、《哈利·波特与火焰杯》

相关趣闻 每一只巧克力蛙都附赠一张人物卡，上面印有一位知名巫师的形象。巧克力蛙可以在蜂蜜公爵糖果店或者霍格沃茨特快列车上购得。

蟑螂嘎吱多味豆

魔法介绍 这些令人作呕的巧克力放在蜂蜜公爵糖果店的"另类口味"区出售。

登场作品 《哈利·波特与阿兹卡班的囚徒》

相关趣闻 弗雷德给罗恩吃了酸棒糖，害得罗恩的舌头被烧了个洞。为了报仇，罗恩试图把蟑螂嘎吱多味豆伪装成花生糖给弗雷德吃。

乳脂软糖苍蝇

魔法介绍 这些柔软的糖果是罗恩的宠物老鼠斑斑的最爱。

登场作品 《哈利·波特与阿兹卡班的囚徒》

相关趣闻 格兰芬多魁地奇球队获胜后，罗恩说要是赫敏的猫克鲁克山没有吃掉斑斑的话，斑斑就可以吃到乳脂软糖苍蝇了，这番刻薄的言论让赫敏伤心地哭了出来，并且转身离开。

冰老鼠

魔法介绍 这种冰凉的糖果会让你的牙齿打颤、发出咯吱咯吱的声音。

登场作品 《哈利·波特与阿兹卡班的囚徒》

相关趣闻 哈利第一次去霍格莫德村时，就在蜂蜜公爵糖果店见到了这些糖果。哈利原本并未获准出游，他是在活点地图的指引下通过一条密道擅自前往霍格莫德村的。

果冻鼻涕虫

魔法介绍 这些橡皮糖被做成了鼻涕虫的样子。

登场作品 《哈利·波特与阿兹卡班的囚徒》

相关趣闻 这种糖果似乎人气很高。当哈利通过密道进入蜂蜜公爵糖果店时，他看见一名店员下楼来搬果冻鼻涕虫送去霍格沃茨，因为霍格沃茨的学生"几乎把存货清空了"。

胡椒小顽童

魔法介绍 胡椒小顽童是一种整人糖果。这是一种小颗粒的黑色糖果，放在蜂蜜公爵糖果店的"特效糖果"区出售。千万当心，只要吃一口你就会浑身着火。

登场作品 《哈利·波特与阿兹卡班的囚徒》、《哈利·波特与被诅咒的孩子》

相关趣闻 罗恩同赫敏聊他最喜欢的蜂蜜公爵糖果时提到了胡椒小顽童，说"它们能让你的嘴里冒烟"。

薄荷蟾蜍糖

魔法介绍 这是一种清新提神的奶油口味糖果，吃下去后，胃里好像真的有蟾蜍在跳。

登场作品 《哈利·波特与阿兹卡班的囚徒》

相关趣闻 格兰芬多在魁地奇比赛中击败拉文克劳后，乔治把事先为庆功派对准备的薄荷蟾蜍糖扔向了欢呼的观众。

尖叫糖老鼠

魔法介绍 推测这种糖果和英国传统糖果糖老鼠差不多，只是多了吱吱叫的效果。

登场作品 《哈利·波特与凤凰社》

相关趣闻 在哈利接受丽塔·斯基特的专访谈论伏地魔重出江湖一事后，虽然《第二十六号教育令》禁止教师公开谈论此事，但是弗立维教授还是送了哈利一盒尖叫糖老鼠作为奖励。

食肉鼻涕虫 Flesh-Eating Slug

登场作品
《哈利·波特与密室》、《哈利·波特与阿兹卡班的囚徒》

体型 微型

类型 非不死族

特征 身体柔软黏滑

你知道吗？
在《哈利·波特与密室》中，海格提到食肉鼻涕虫"快把学校的卷心菜糟蹋光了"

虽然食肉鼻涕虫并非肉食性生物，但是因为这种生物的名声一直很差，巫师还是很惧怕它们。在给三年级的学生上课时，莱姆斯·卢平就提到他认识的一个人的博格特（详见第24页）就是食肉鼻涕虫。在麻瓜世界，威尔士的幽灵蛞蝓是真正的食肉鼻涕虫，它们会捕食蚯蚓。

弗洛伯毛虫 Flobberworm

登场作品
《哈利·波特与阿兹卡班的囚徒》、《哈利·波特与火焰杯》、《哈利·波特与凤凰社》、《哈利·波特与"混血王子"》、《神奇动物在哪里》（2001）

体型 微型

类型 非不死族

特征 最长可达十英寸（约25.4厘米），棕色，浑身黏液，没有明显的首尾之分

你知道吗？
弗洛伯毛虫喜欢吃生菜，但对于其他蔬菜并不挑食

弗洛伯毛虫是一种愚蠢到令人绝望的生物。它们生活在泥浆中。除了分泌出一种可以用作增稠剂的黏液之外，它们几乎一动不动，什么都不会做。魔法部将它们描述为"无趣"。虽然弗洛伯毛虫可以人工养殖，但是通常无人自寻烦恼。在巴克比克袭击德拉科·马尔福后，海格给学生们安排的任务就是在剩下的学期里照看这些生物，但这些弗洛伯毛虫最终因为进食过度而被撑死。

恶婆鸟 Fwooper

登场作品
《神奇动物在哪里》（2001）、
《神奇动物在哪里》（2016）

体型 微型

类型 非不死族

特征 羽毛颜色鲜艳，常见颜色为橙色、粉色、绿色或黄色；会产下色彩艳丽、带有精美花纹的蛋；它的歌声能把人逼疯

你知道吗？
恶婆鸟的羽毛制成的羽毛笔深受追赶时尚的巫师喜爱

恶婆鸟原产于非洲，以色彩艳丽的羽毛和能让人精神失常的歌声而闻名。因为它们的歌声具有一定的危险性，魔法部给予它们中等评级。因此，要想购买恶婆鸟必须持有相关许可证，而且鸟主人必须每个月给恶婆鸟使用一次无声咒。被施加了无声咒的恶婆鸟是一种非常可爱的宠物，它们同样会产下色彩艳丽的鸟蛋。

怪人尤里克是一名中世纪巫师，以古怪行为和古怪的实验而闻名。他曾经强迫自己连续听恶婆鸟唱歌长达三个月。他坚信恶婆鸟的歌声对他的精神健康没有任何影响，并且想努力证明恶婆鸟的歌声具有治愈能力，长时间倾听甚至能让他更健康。但是他的研究并未获得巫师议会的认可，因为他出席议会时，除了头上顶了一只死獾之外什么都没戴。

知名恶婆鸟

纽特·斯卡曼德在他的行李箱里养了一只粉红色的恶婆鸟，当纽特带着雅各布参观时，你可以听到它的鸣叫声。

滴水嘴石兽 Gargoyle

登场作品

《哈利·波特与密室》、
《哈利·波特与阿兹卡班的囚徒》、
《哈利·波特与火焰杯》、《哈利·波特与凤凰社》、
《哈利·波特与"混血王子"》、
《哈利·波特与死亡圣器》

体型 中型

类型 魔族

特征 用石头雕刻而成，通常外形怪异

你知道吗?

在英语中，Gulping gargoyles（目瞪口呆的滴水嘴石兽）和 galloping gargoyles（飞奔的滴水嘴石兽）都用来形容震惊的表情

　　滴水嘴石兽是活的石雕。霍格沃茨教工休息室的入口处就有两尊滴水嘴石兽，它们会和试图进去的学生攀谈。守卫校长办公室的滴水嘴石兽通常不会说话，访客说出正确口令后就会自动移到旁边。在邓布利多担任校长期间，校长办公室的口令包括"柠檬硬糖"、"蟑螂嘎吱多味豆"、"滋滋蜜蜂糖"和"酸棒糖"。在多洛雷斯·乌姆里奇把邓布利多赶出霍格沃茨后，这个滴水嘴石兽把乌姆里奇关在办公室门外不让她进去。魔药课教室的水池上方也有一尊滴水嘴石兽，尚不清楚它是否也是活的，但是和巫师世界的大部分滴水嘴石兽一样，这个滴水嘴石兽很可能只是比较沉默。

　　麻瓜认为滴水嘴石兽只不过是哥特建筑上的一种元素，雕刻这些精致的雕塑只是为了把建筑楼顶的雨水分散开，或者增加美感。这些元素很容易让人联想到中世纪建筑，比如巴黎圣母院。但是，滴水嘴石兽最早可以追溯至古埃及和古希腊时代。滴水嘴石兽的脸既可以是动物和人类，也可以是怪兽。麻瓜曾经认为这些雕塑都是活物，有些人认为它们能够辟邪，有些人则认为它们本身就是恶灵。

镇尼 Genie

出处
哈利·波特官方网站

体型 大小不一

类型 非不死族

特征 形态和大小各不相同，既有可能是人类，也有可能是动物

你知道吗？
"Genie" 这个单词源于阿拉伯语 "jinn"，这个词也常用来指各种超自然生物

　　镇尼是一种强大的超自然生物，寿命可达数千年之久。镇尼能够随心所欲变化大小，也能在人类、动物、黑影、沙尘暴等形态之间自由切换。镇尼没有天然的正邪之分，它们可能会对人类言听计从，也可能会充满恶意。2014年，魁地奇世界杯比赛在巴塔哥尼亚沙漠举行，金妮·韦斯莱在给《预言家日报》写的一篇关于世界杯开幕式骚乱事件的文章中就提到了镇尼。来自科特迪瓦队的吉祥物是河镇尼，比赛的开幕表演就是这些镇尼在一片魔法湖泊中跳舞。但是斐济队的吉祥物达库瓦迦和挪威队的吉祥物塞尔玛湖怪因为不适应这片湖泊的环境而开始相互攻击，最终导致现场骚乱和大批人员受伤。

幽灵 Ghost

登场作品

《哈利·波特与魔法石》、《哈利·波特与密室》、
《哈利·波特与阿兹卡班的囚徒》、
《哈利·波特与火焰杯》、《哈利·波特与凤凰社》、
《哈利·波特与"混血王子"》、
《哈利·波特与死亡圣器》、《神奇动物在哪里》（2001）

体型 中型

类型 灵族

特征 透明，以银灰色的人形存在，保持生前的模样，血迹为银色

你知道吗？

幽灵记得自己死亡并变成幽灵的日子，有时甚至会庆祝自己的忌辰

斯内普教授曾经形容幽灵是"逝去生命的印记"。它们是已故巫师的灵魂，选择以一种非实体的形态留在人间，而不是彻底死亡。这些银灰色透明的存在保留着死亡时的样貌，穿着死亡时的衣服。如果死状凄惨，或有着明显的伤口，幽灵的身上还会带有明显的血迹，只不过血迹不是红色的而是银色的。尽管如此，这些血迹依然会让人非常不适。

因为幽灵没有实体，所以他们不受自然法则的约束。因为他们没有重量，所以他们会四处飘移或飞行，而不是走路。有时幽灵还能够直接穿过墙壁、天花板、家具甚至活人，而不会造成任何损伤。但是幽灵的移动会影响空气和水这类实体物质，哈利发现过好几次，当幽灵出现或者从他身体里穿过时，会有种冰冷的感觉。

死后究竟会怎样？如何才能变成幽灵？这些问题依然是个谜。但在五年级那年，哈利从差点没头的尼克那里了解到一些关于死后的事情。虽然魔法世界中任何有魔法能力的人都能变成幽灵，但是根据尼克的说法，很少有人会选择在死后继续以幽灵的形式在人间永远游荡下去。幽灵与周围环境的互动非常有限，他们能和活人说话，但是无法品尝美食（但据他们自己说，当他们穿过完全腐烂的食物时，还是能尝到味道）。尼克说那些以幽灵的形式重返人间的人，通常都认为自己的人生仍有遗憾，或者像他一样畏惧死亡。

数百年来，魔法部（及其前身巫师议会）对幽灵的评级几经更改，甚至因此带来灾难性的后果。他们屡次想在生者与死者之间搭建桥梁，结果只是适得其反，造成误解，伤害感情。对于相关部门给他们贴标签的行为，幽灵备感冒犯。在14世纪，巫师议会会长布尔多克·马尔登提出：只有双腿行走的才能被划分为"人"，因为幽灵是飘移而不是走路，所以他们被排除在这种分类之外。马尔登的继任者艾尔弗丽达·克拉格为了修正这种错误，邀请一支幽灵代表团参加了活人的会议。虽然这是艾尔弗丽达的一片好意，但是幽灵代表团感觉巫师议会对生者的关注胜过死者。最后在1811年，魔法部部长格罗根·斯顿普提出了全新的分类标准，即具有智慧且能够参与魔法社会法律制定的才叫"人"。但是为时已晚，幽灵认为这种分类欠缺敏感性。他们自称为"往生者"而不是"人"。神奇动物管理控制司最终设置了"灵"这一分类，专门处理幽灵相关事务。

　　霍格沃茨生活着许多幽灵，使得霍格沃茨成为英国"闹鬼"最严重的地方。大部分幽灵都和城堡里的其他人和睦共处，而且每个霍格沃茨学院都有属于自己的学院幽灵。还有不少幽灵经常来拜访霍格沃茨，鉴于尼克和无头猎手队通信频繁，推测幽灵之间可能存在包括书信在内的远距离通信系统。

　　幽灵在麻瓜世界一直都是个热门话题，由此催生了各种文学和影视作品，但是对于幽灵是否存在的问题，麻瓜内部一直存在分歧。超自然现象调查员经常会出现在电视节目里，或者带团深入著名的"闹鬼"地区探访，希望能够找到游魂。幽灵经常会以透明人形、球体、光线或者暗影的形态出现，有时甚至无影无形。没有形体的幽灵可以通过声音、气温的改变或者其他与实体世界的互动来表明他们的存在。

和巫师世界一样，麻瓜也认为幽灵是死者因为有生前遗憾，或者迷失方向，或者遭受某种惩罚而在人间游荡。还有一种理论认为，幽灵只是某种强烈情绪能量。幽灵可能会附着在人类、地点或者物品上。虽然有些幽灵非常邪恶或者暴力，但很多幽灵都很友好或保持中立，他们并没有意识到周围的世界已经发生改变，因此依然按照以往的方式生存。

知名幽灵

血人巴罗是斯莱特林学院的常驻幽灵，这个名字源自他衣服上的一大摊血迹。血人巴罗面色憔悴，目光锐利，是霍格沃茨最难亲近也是最可怕的幽灵之一，其他幽灵都对他敬而远之。他也是少数几个能够镇住霍格沃茨恶作剧精灵——皮皮鬼的人物。血人巴罗活着的时候深深迷恋海莲娜·拉文克劳。遭到对方拒绝后，他一怒之下将她杀死，然后自杀。作为对杀害海莲娜的忏悔，血人巴罗死后依然戴着镣铐。

卡思伯特·宾斯是霍格沃茨的魔法史教授，他是在教工休息室里打盹时不小心去世的。当时他并不知道自己已死，所以死后回到教室继续上课。他每次上课都会穿过黑板，对于学生来说，这是无聊的魔法史课上唯一的乐趣。宾斯教授经常会忘记学生的名字，而且每次有学生和他说话时，他都会非常惊讶。在赫敏的怂恿下，宾斯教授在课上讲述了关于密室的事情，但在他看来这只是一个传说。

胖修士是赫奇帕奇学院的常驻幽灵，他性格和蔼可亲，穿着生前的牧师袍。胖修士是一个很友善的幽灵，他对皮皮鬼的态度比霍格沃茨的其他幽灵都更加宽容。胖修士是因为使用魔杖给病人治病，并且能从杯子里变出兔子而被上级牧师发现他巫师身份，胖修士因此被处死。他这辈子唯一的怨念就是没能成为一名主教。

格雷夫人是拉文克劳学院的常驻幽灵。她生前还有另外一个名字叫海莲娜·拉文克劳。这位神秘的年轻女子披着一头长发。格雷夫人是霍格沃茨联合创始人罗伊纳·拉文克劳的女儿。她偷走了母亲的冠冕并逃跑，希望借用冠冕的力量让自己超越优秀的母亲。许多年后，垂死之际的罗伊纳派遣一名深爱海莲娜的男子（也就是后来的血人巴罗）去寻找海莲娜，希望能把她带回来。男子最终在阿尔巴尼亚找到了海莲娜，却无法劝服她和他一起回英国。冲动之下，男子将海莲娜杀死，然后自杀。格雷夫人后来把藏匿冠冕的地方告诉了年轻的汤姆·里德尔。许多年后，她又把同样的故事告诉了哈利·波特，好让他彻底摧毁这个冠冕。

哭泣的桃金娘原名桃金娘·伊丽莎白·沃伦，她是拉文克劳学院的一名麻瓜血统学生。1943年，她因为汤姆·里德尔打开密室而死。当时她因为奥利夫·洪贝嘲笑她的眼镜而躲在霍格沃茨二楼的女生厕所里哭泣，结果不小心与蛇怪（详见第17页）直视而丧命，她的尸体直到几个小时后才被人发现。死后的桃金娘一直纠缠着奥利夫不放，但是在魔法部介入后，桃金娘回到了霍格沃茨。这个孤独寂寞、郁郁寡欢的幽灵以她的哭泣声而闻名，虽然她也会在霍格沃茨的其他地方（包括大湖）出没，但是她的主要栖息地是她遇害的厕所。哭泣的桃金娘性格敏感，喜怒无常，但对哈利比较友好，而且也愿意和其他学生交流。

差点没头的尼克原名尼古拉斯·德·敏西－波平顿爵士，他是格兰芬多学院的常驻幽灵，穿着皱领和紧身裤，戴着羽毛帽。差点没头的尼克是一个心地善良、乐于助人的幽灵，但有时候也非常刁钻。尼克原本生活在亨利七世的宫廷之中。有一次，他试图用魔法帮助一位美丽的贵族侍女，却不小心让对方的嘴里长出了獠牙，这起事件暴露了他的巫师身份。1492

年10月31日，尼克被斩首，但是行刑过程并不顺利，导致他的头并未被完全砍断，与脖子之间始终连着半英寸的皮肉，差点没头的尼克因此而得名。因为这种特殊情况，差点没头的尼克无法加入由一群无头幽灵组建的无头猎手队。哈利上二年级时，尼克被蛇怪石化，但后来恢复正常。

帕特里克·德莱尼－波德摩爵士是无头猎手队的队长。他是一个生性好玩、喜欢显摆的幽灵。在尼克的忌辰派对上，他频频开玩笑，还带着大家玩一种名叫"头顶曲棍球"的游戏，彻底抢走了尼克的风头（尼克还挖苦他是"彻底掉脑袋的波德摩爵士"）。他可能和无头猎手队一起参加了霍格沃茨之战。

号哭寡妇是差点没头的尼克的一位密友，为了参加尼克的500岁忌辰派对，她不远千里从肯特郡赶到霍格沃茨。

食尸鬼 Ghoul

登场作品
《哈利·波特与密室》、《哈利·波特与火焰杯》、
《哈利·波特与凤凰社》、《哈利·波特与死亡圣器》、
《神奇动物在哪里》（2001）

体型 中型

类型 魔族

特征 身体黏滑，龅牙，有点像吃人妖，能够伪装成物体

你知道吗？
在第二次巫师战争之前，格里莫广场12号因为无人居住，一度沦为多种魔法生物的居所，其中就包括一直住在楼上厕所里的食尸鬼

　　虽然皮肤黏滑、相貌扭曲的食尸鬼是出了名的丑陋，但是对于巫师来说，这种生物并不危险，因此魔法部给它们的评级只有××。有些巫师家庭甚至觉得它们很有趣，因此不会赶走它们，而是把它们当作宠物养在家里。比如，韦斯莱一家生活的陋居阁楼里就住着一只食尸鬼，它除了偶尔会发出些噪声、扔点东西，基本没什么动静。但是，当罗恩在外面寻找魂器时，这个食尸鬼就成了罗恩的替身。

　　食尸鬼通常住在屋子里少有人去的地方，比如阁楼或者地下室，它们会以蜘蛛和飞蛾为食。如果屋主想赶走食尸鬼，可以联系魔法生物管理控制司的食尸鬼别动队进行清理。在面对变色食尸鬼时，食尸鬼别动队是你最好的选择。变色食尸鬼是食尸鬼的一种亚种，能够伪装成雕像一类的普通物体，以避免被人发现。

　　在麻瓜世界，"食尸鬼"经常作为不死怪物或者坟地鬼魂的同义词，而且喜食人肉。在早期的阿拉伯传说中，食尸鬼是一种能变形的大型食人恶魔，活人死人都吃。总而言之，你绝对不会想把它们当宠物养。

巨人 Giant

登场作品

《哈利·波特与魔法石》、《哈利·波特与密室》、
《哈利·波特与阿兹卡班的囚徒》、
《哈利·波特与火焰杯》、《哈利·波特与凤凰社》、
《哈利·波特与"混血王子"》、
《哈利·波特与死亡圣器》、
《神奇动物在哪里》（2016）、
《哈利·波特与被诅咒的孩子》

体型 巨型

类型 非不死族

特征 人形生物，体型巨大

你知道吗？ 巨人的巨大身体和强大力量让他们能在一定程度上抵挡魔法。在哈利五年级的时候，海格的巨人血统帮助他抵挡了昏迷咒的攻击

　　巨人在外形上很像人类，但是他们身高超过20英尺，巫师世界对于巨人既恐惧又鄙视。在巫师眼中，巨人性格暴躁，智商又不高，所以巨人遭到巫师的驱赶，生活在北欧的山地中。巨人以部落形式生存，遵循简单的等级制度，每个部落都有一个首领，他们称之为"古戈"。巨人很难与彼此和平相处，由于经常发生内斗，巨人的数量日益减少。

　　巨人一向以暴力闻名，导致他们的后裔也遭受巨大的偏见。当丽塔·斯基特在《预言家日报》揭露海格的混血巨人身份之后，海格就遭遇了各种歧视，很多人质疑他的智力，他们想当然地认为巨人头脑简单。但实际上，巨人完全具备交流能力，甚至还能够学习其他语言。

　　在第一次巫师战争期间，巨人和伏地魔结盟，因此许多巨人在这段时间死于傲罗之手。在第二次巫师战争期间，虽然阿不思·邓布利多努力拉拢巨人，但他们还是再次和伏地魔合作。伏地魔卷土重来后，海格和奥利姆·马克西姆特地去找巨人协商，但当他们抵达巨人部落时，原本倾向凤凰社的巨人们已经被支持伏地魔的巨人杀死或者打倒。在伏地魔二次统治期间，巨人们四处作乱。很多相关事故被麻瓜视作自然现象，并上

了麻瓜新闻。在霍格沃茨之战期间，巨人也和伏地魔并肩作战。伏地魔倒台二十多年后，巨人们在希腊海域现身，他们的背上刺有翅膀形状的文身，可能表示他们已经和伏地魔的女儿——自称"卜鸟"的戴尔菲结盟。

麻瓜世界中关于巨人的故事流传已久，包括《圣经》中的大卫与歌利亚、拿非利与亚纳等巨人族，希腊神话中的大地女神盖亚之子——葵干忒斯，北欧神话中的约顿巨人。巨人频繁出现在文学作品和民间故事中，他们通常作为反派出现，比如《杰克与豆茎》《巨人捕手杰克》等。虽然巨人在不同故事中的形象各异，但是残暴嗜血、注定要被英雄击败是他们的共同特点。他们还经常被描绘成丑陋的生物，尤其是在西方传统文化中。但是，也有些作品把它们描绘成和平友善、至少不那么蠢的形象，比如乔纳森·斯威夫特所著长篇小说《格列佛游记》中的大人国居民、罗尔德·达尔编剧的电影《圆梦巨人》中的主角。

知名巨人

弗里德瓦法是一名女巨人，她和一名男性人类生下了鲁伯·海格，并在海格三岁那年离开他们父子。后来她又和一个巨人生下一个儿子叫格洛普。她去世于1995年之前。

高高马是北欧巨人部落中最大的巨人之一，他杀死了前任首领卡库斯，成了巨人部落的古戈。他是沃尔顿·麦克尼尔的朋友，也是食死徒的支持者。他和他的手下对于任何反对者都绝不留情。高高马戴着一串骨头项链，其中一些骨头可能是人骨。

格洛普是弗里德瓦法的第二个儿子，也是海格同母异父的弟弟。不知道为什么，格洛普的身材比其他巨人矮小，而且在他所在的巨人部落里饱受欺凌。1995年，海格和奥利姆·马克西姆去拜访巨人部落时，海格把格洛普带回了霍格沃茨，让他生活在禁林中，后来又把他带去了霍格莫德村外面的山洞里生活。在海格的帮助下，格洛普学会了一些简单的英语，并且变得更加友善，甚至还出席了一年后邓布利多的葬礼。霍格沃茨之战期间，格洛普与投靠伏地魔的巨人展开搏斗。

卡库斯是海格和奥利姆·马克西姆拜访巨人部落时接触的第一个古戈。后来海格和哈利等人讲述当时的情况时，称卡库斯长着犀牛一样的皮肤，懒到要靠其他巨人喂他吃东西。虽然卡库斯很喜欢海格和马克西姆带给他的礼物，并且似乎很支持凤凰社，但他后来在一次叛变中被杀。这次叛变很可能是食死徒挑起的，因为他们也和这支巨人部落进行了接触。

奥利姆·马克西姆是一名混血巨人（但她不愿意承认这一身份），也是布斯巴顿魔法学校的校长。马克西姆是一位非常优秀的女巫，着装打扮优雅，擅长喂养神符马。在霍格沃茨出席三强争霸赛期间，她和海格成为好朋友。虽然两人互生爱意，却并没有发展成恋人关系。次年夏天，为了打败伏地魔，马克西姆和海格一起作为代表出访巨人部落。

鲁伯·海格是女巨人弗里德瓦法的长子，他是一名混血巨人，他的父亲在他在霍格沃茨上二年级时去世。三年级时，海格被诬陷开启了密室，并因此被学校开除，但他继续在霍格沃茨担任看守人。后来出于对神奇动物的热爱，海格成了保护神奇动物课的教授。对他来说，魔法生物越危险越好。海格在霍格沃茨深受大家的喜爱，而且他非常忠于邓布利多。海格是凤凰社的成员。

巨乌贼 Giant Squid

登场作品

《哈利·波特与魔法石》、《哈利·波特与密室》、

《哈利·波特与阿兹卡班的囚徒》、

《哈利·波特与火焰杯》、《哈利·波特与凤凰社》、

《哈利·波特与"混血王子"》

体型 庞大

类型 非不死族

特征 无脊椎动物，长有许多触手

你知道吗？

不同于麻瓜世界的巨型乌贼，霍格沃茨的巨乌贼喜欢吃吐司

巨乌贼是生活在霍格沃茨大湖里最有名的生物之一。虽然尚不清楚一只海洋生物为什么会出现在淡水湖里，但是这只巨乌贼性格非常温顺，对霍格沃茨的师生也非常友好。它会平静地游到他们身边，在浅水区休息时，还会让人抚摸它的触手。当丹尼斯·克里维在新生入学时因为暴风雨而跌入湖中时，就是巨乌贼把他温柔地救了出来的。

想在野外寻找巨乌贼的巫师请注意：麻瓜所熟知的巨乌贼和霍格沃茨大湖里的巨乌贼并没有多少相似之处。巨乌贼生活在深海之中，这些巨型无脊椎生物并不会游进淡水生态系统，也绝对无法被驯服。巨乌贼的来历至今仍然是个谜，拍摄到活的巨乌贼的影像是最近二十年才开始的事。巨乌贼可以长至20英尺（包括它们的八条触手和两条触腕）。大王乌贼甚至能长到更大！巨乌贼催生了麻瓜世界的许多海上传说，比如挪威民间传说中的北海巨妖。这种巨型乌贼力量巨大，足以摧毁大型船只。

巨型海燕 Giant Storm Petrel

出处
哈利·波特官方网站

体型 大型

类型 非不死族

特征 巨鸟

你知道吗?
尚不清楚巨型海燕究竟是人工培养出来的魔法生物,还是用魔法变大并驯养的普通海燕

> 巨型海燕大到能够搭载人类,它们生活在日本南硫磺岛及周边地区。这些巨型海燕负责接送在日本魔法学校——魔法宫上学的学生。在满11岁之前,魔法宫的学生每天都由巨型海燕接送上下学。11岁之后则开始寄宿。

发光虫 Glow Bug

登场作品
《神奇动物在哪里》(2016)

体型 微型

类型 非不死族

特征 身体会发出荧光

你知道吗?
发光虫很可能和麻瓜所熟知的会发光的昆虫有亲缘关系

> 虽然关于发光虫的信息不多,但是这些生物和普通昆虫或蠕虫非常像,并且会发出明亮的光芒。纽特·斯卡曼德有时会把发光虫装在保护泡里,并存放在他的箱子里。正如麻瓜所知,萤火虫能够发出黄色、绿色甚至是淡红色的光去吸引异性。不要把发光虫和澳大利亚及新西兰地区的蓝光虫混为一谈。蓝光虫是真菌蚋的幼虫,会通过发出蓝绿色的光来引诱猎物。

伤心虫 Glumbumble

登场作品
《神奇动物在哪里》（2001）

体型 微型

类型 非不死族

特征 长着灰色绒毛的小虫子

你知道吗？
伤心虫是许多蜂巢感染虫害的原因

伤心虫原产于北欧，是一种小型飞虫。它们会分泌出一种浓稠的液体，这种液体会引发伤感情绪。对于大部分有能力的巫师来说，要驱赶伤心虫并不难。但是这种昆虫也是有用处的，它们的分泌物可用于治疗食用阿里奥特的叶子所引发的歇斯底里症。伤心虫以荨麻为食，并且喜欢在树洞一类黑暗僻静的地方筑巢。

地精 Gnome

登场作品
《哈利·波特与密室》、《哈利·波特与火焰杯》、《哈利·波特与"混血王子"》、《哈利·波特与死亡圣器》、《神奇动物在哪里》（2001）

体型 微型 / 小型

类型 非不死族

特征 头部硕大，与身体不成比例；双脚细瘦

你知道吗？
谢诺菲留斯·洛夫古德相信地精的唾液有多种功效，但是没有任何证据可以证明他的观点

巫师认为地精是一种很常见的生物，虽然无害但难以根除。他们找到了各种方法驱除地精。最常用的一种方法是抓住它们举过头顶抡圈，把它们转晕，然后扔出花园外。但是千万要小心：地精可能会咬人。弗雷德·韦斯莱在陋居拔萝卜时，就对此有亲身体验。

妖精 Goblin

登场作品

《哈利·波特与魔法石》、《哈利·波特与密室》、
《哈利·波特与阿兹卡班的囚徒》、
《哈利·波特与火焰杯》、《哈利·波特与凤凰社》、
《哈利·波特与"混血王子"》、
《哈利·波特与死亡圣器》、
《神奇动物在哪里》（2016）、
《哈利·波特与被诅咒的孩子》

体型 小型

类型 非不死族

特征 身材矮小，手指和脚趾修长

你知道吗?

拉文克劳学院的院长菲利乌斯·弗立维有部分妖精血统

　　妖精是一种极度聪明的类人型生物。因为在财务方面很有天赋，所以他们负责管理古灵阁巫师银行，并因此获得控制巫师世界经济的机会。为了保护古灵阁里的巨大财富，银行的守备十分森严。哈利在霍格沃茨就读期间，妖精在古灵阁的其中一个宝库里放了一条龙。古灵阁已经经营了数百年。古灵阁地下密道遍布，而且被各种高级魔法保护，要想潜入几乎不可能。鲁伯·海格曾经称这里是世界上最安全的地方。

　　虽然在古灵阁工作的员工大多是妖精，但也不乏一些有能力的巫师。比尔·韦斯莱是古灵阁的解咒员，负责去世界各地回收宝藏。后来比尔调入古灵阁的办公室秘密为凤凰社工作，在此期间，他结识了正在古灵阁兼职的芙蓉·德拉库尔。

　　虽然妖精能够说英语，但他们也有属于自己的语言——妖精语。妖精生性贪婪，而且不太友善。在魁地奇世界杯比赛期间，卢多·巴格曼骗了几个妖精一大笔金子，随后他充分感受到了妖精有多难缠。巫师世界中的八卦杂志《唱唱反调》给魔法部部长康奈利·福吉取了个外号叫"妖精杀手"，甚至还宣称福吉为了获得存放在古灵阁的金子而杀害妖精。但是这些可怕的谣言并没有任何事实根据。

　　虽然今天的妖精能和巫师和平共处，但在历史上双方纷争不断。据霍格沃茨魔法史老师宾斯教授所说，数百年来出现过多起妖精叛乱事件，规模较大的都发生在17～18世纪，当时爆发了一系列妖精暴动。在伏地魔第一次上台期间，有一个妖精家庭被伏地魔的信徒灭口。这起悲剧加上卢多·巴格曼事件，导致妖精在第二次巫师战争期间保持中立，因为他们虽然效忠巫师，但对于巫师，他们早已失望透顶。

　　虽然妖精竭尽所能对抗歧视，但是针对妖精的歧视在巫师世界依然非常普遍。许多巫师依然把妖精视作劣等种族。多年以来，法律一直严禁妖精携带魔杖。但是熟悉妖精的人都知道，妖精和家养小精灵一样，不需要魔杖也能使用魔法。

　　哈利·波特第一次去魔法部时，就见到了位于魔法部中庭那座充满争议的魔法兄弟喷泉。这座金光闪闪的黄金雕塑展现的是一只家养小精灵、一个马人和一个妖精无限崇拜地仰望一名女巫和一名男巫的场景。但是很显然，这一点都不符合现实中的妖精（当然还有马人）的作风。在后来的神秘事务司之战中，这座雕像遭到严重破坏，但是它依然是妖精在巫师世界中面临制度性歧视和不公的铁证。与此同时，妖精权益组织也一直在积极运作。

　　妖精也是非常专业的金属匠，以制作高质量的银器而闻名。妖精制作的银器非常受巫师的欢迎，像布莱克家族这样的富裕巫师家庭都热衷于收集妖精制作的银器。在哈利五年级的时候，海格在拜访一支巨人部落时，就送给他们一顶妖精打造的头盔。

　　除了日常的古灵阁工作外，妖精还负责铸造巫师世界的所有硬币——加隆、西可和纳特，并且擅于鉴别赝品。他们也对所有权这件事情有着自

己的理解。对于妖精来说，任何妖精制作出来的物品都属于这名妖精工匠，哪怕这件物品被售卖或者转让，其所有权依然不变。依照这个逻辑，妖精的所有权没有期限。在购买者去世后，不管这件物品花了多少钱，都应无偿归还妖精工匠，而在没有付款给原工匠的前提下售卖给别的巫师就是盗窃。最典型的一个例子就是史上最有名的妖精制品——格兰芬多之剑。戈德里克·格兰芬多委托妖精打造这把宝剑过去1000年后，拉环——和其他妖精一样——依然坚信这把剑理应属于妖精。

在麻瓜文学中，对妖精的描述最早可追溯至中世纪的欧洲传说。这些传说对妖精的描述各不相同，但是通常都是把他们形容成个头矮小、性格贪婪、邪恶的生物，具有某种魔法能力，并且迷恋珠宝、喜欢寻宝。在其他地域文化，比如日本、韩国和印度童话故事中，也能找到其他版本的妖精。类似的生物还有矮人（他们也经常被描绘成技艺精湛的金属匠人）、地精和小魔鬼。在现代麻瓜文学、电影和奇幻类游戏中，妖精依然扮演着非常重要的角色。

知名妖精

罗恩·韦斯莱提到，19世纪的妖精叛乱中出现了两个妖精激进主义者，分别叫**邋遢鬼拉拉**和**长胡子长长**。

鲍格罗德是古灵阁巫师银行里的出纳员。哈利·波特对他使用了夺魂咒，并潜入莱斯特兰奇家族的金库寻找伏地魔的魂器。

纳尔拉克是纽约市一家名叫"盲猪酒吧"的地下酒吧老板。20世纪20年代，纽特·斯卡曼德造访纽约时遇见了这只妖精。纽特原本想用火灰蛇蛋和他换取情报，但是纳尔拉克提出要纽特的护树罗锅皮克特作为交换。

但就在纽特准备把皮克特交出去时，美国魔法国会的傲罗现身酒吧（其实是纳尔拉克通风报信），幸运的是，纽特一行——连同皮克特——及时脱身。

戈努克是古灵阁巫师银行的一名妖精员工。在伏地魔和食死徒接管魔法部后，戈努克和拉环与几位巫师一起展开逃亡之旅，但最终遭到搜捕队杀害。

哈利·波特在霍格沃茨就读期间，**拉环**是古灵阁巫师银行的一名妖精员工，负责操控轨道车带领客户去他们的金库。哈利、罗恩和赫敏潜入古灵阁盗取赫奇帕奇金杯时，得到了拉环的协助，条件是要把格兰芬多之剑交给他。但最后拉环带着格兰芬多之剑逃跑，把哈利三人交给了一群愤怒的妖精处置。

拉格诺是比尔·韦斯莱的妖精同事。第二次巫师战争刚开始时，比尔劝说他加入巫师阵营，共同对抗伏地魔。但是比尔的努力以失败告终，妖精在霍格沃茨之战期间始终保持中立。

莱格纳克一世是一位妖精国王，他和霍格沃茨的创始人生活在同一个时代，并且是那个时期大名鼎鼎的工匠。戈德里克·格兰芬多委托他锻造格兰芬多之剑。但是因为这把宝剑实在太精美，莱格纳克后悔将这把宝剑交给了格兰芬多，并决定把它偷回来。他派遣一群妖精去夺回宝剑，但格兰芬多将他们悉数击退，并警告他们不要再有这种念头。莱格纳克便四处散播谣言，称格兰芬多偷走了他的剑。

雷德是20世纪20年代美国魔法国会的一名妖精侍者，负责操控电梯。就是他把纽特·斯卡曼德和蒂娜·戈德斯坦送至重案调查组。因为个子太矮够不着电梯按钮，雷德必须使用一根棍子操控电梯。

戈耳工 Gorgon

登场作品
《哈利·波特与魔法石》

体型 中型

类型 非不死族

特征 头发是蛇

你知道吗？
"狂奔的戈耳工"（galloping gorgons）是一个用来表达惊讶的短语

> 戈耳工是一种非常可怕的生物，它们源自古希腊神话，最有代表性的就是美杜莎。它们头上长的不是头发，而是一团蛇。只要你看了戈耳工的脸，就会立刻变成石头。哈利第一次听到"狂奔的戈耳工"是海格说出来的。当时海格发现哈利居然和德思礼一家住在一个偏僻的小屋，便惊呼一声"狂奔的戈耳工啊"。

角驼兽 Graphorn

登场作品
《神奇动物在哪里》（2001）、
《神奇动物在哪里》（2016）

体型 大型

类型 非不死族

特征 两只又长又锋利的金色犄角，紫灰色皮肤，脊背隆起，足部有四趾

你知道吗？
角驼兽是欧洲本土生物

> 角驼兽是极具攻击性的巨大生物，魔法部建议只有高级巫师才可以接近它们，因为角驼兽极其坚硬的外皮能够反弹绝大部分咒语。角驼兽的角是非常稀有的收藏品，而且价格不菲。它们和山地巨怪在同一片区域生存，有时山地巨怪还会试图把它们当成坐骑驯服，但是最终只会弄得自己遍体鳞伤。纽特·斯卡曼德通过圈养角驼兽避免它们走向灭绝。

狮身鹰首兽 Griffin

登场作品
《哈利·波特与魔法石》、《哈利·波特与密室》、
《哈利·波特与凤凰社》、《神奇动物在哪里》（2001）、
《神奇动物：格林德沃之罪》

体型 大型

类型 非不死族

特征 上半身是老鹰，下半身是狮子

你知道吗？
狮身鹰首兽爪粉是增强剂的原料之一

　　狮身鹰首兽是一种融合生物，对待狮身鹰首兽一定要小心谨慎，并且保持尊敬。有些耐心又走运的巫师成功地与它们成为朋友，戈德里克·格兰芬多就是其中之一。格兰芬多就是格兰芬多学院的创始人，长久以来，人们一直怀疑"格兰芬多"（Gryffindor）这个名字就源自狮身鹰首兽。

　　狮身鹰首兽被魔法部视作危险生物，但它们也是一种非常忠诚和聪明的野兽，经常被委以重任，尤其适合充当勤劳、机警的保安。巫师经常会安排它们看守宝藏，并以生肉作为奖赏犒劳它们。

　　狮身鹰首兽源自希腊。在霍格沃茨就读期间，哈利和他的朋友们并未见过这种生物，只在女生盥洗室附近见过一尊狮身鹰首兽的雕像。阿不思·邓布利多办公室门上的门环也是狮身鹰首兽形状的。

　　在麻瓜传说中，狮身鹰首兽来自亚洲，而不是地中海地区。与狮身鹰首兽有关的故事是由亚洲商人传到希腊海岸的。构成狮身鹰首兽的两种动物是狮子和鹰，这两种动物分别被希腊视作兽王和鸟王，所以希腊人把狮身鹰首兽与力量联系在一起。另外，通常认为狮身鹰首兽天性喜欢囤积金子。

知名狮身鹰首兽

　　在纽特·斯卡曼德照看的动物中，有一支喙部受伤的狮身鹰首兽。

格林迪洛 Grindylow

登场作品
《哈利·波特与阿兹卡班的囚徒》、
《哈利·波特与火焰杯》、
《神奇动物在哪里》（2001）、
《神奇动物在哪里》（2016）

体型 小型

类型 非不死族

特征 淡绿色，长有尖角，尖牙利齿，手指又细又长

你知道吗？
在三强争霸赛的第二项任务中，哈利和其他参赛勇士都要面临格林迪洛的挑战

　　格林迪洛是一种长角的水生恶魔，常见于爱尔兰和英国的湖泊中。当你想在霍格沃茨的大湖中好好游个泳放松一下时，很有可能会遭遇它们的骚扰。手指又细又长是它们最鲜明的特征，虽然这些手指赋予它们很强的握力，但也很容易被折断。如果你被一只格林迪洛抓住，请果断折断它们的手指，这样你可以在不受伤害的情况下轻松脱险。

　　虽然这些小型生物个性凶狠，但是它们只捕食小鱼，并不会对巫师造成任何威胁。根据魔法部的说法，格林迪洛是可以被驯养的，人鱼就会把它们当成宠物饲养。三年级时，哈利和朋友们在莱姆斯·卢平的一堂黑魔法防御课上见到了这些生物。

　　英国麻瓜对于格林迪洛尤其熟悉，他们认为格林迪洛生活在兰开夏郡和约克郡乡郊的淡水中，并且会把水边的孩子拖入水中溺死。他们通过这种故事警告儿童远离水池和沼泽区域。

母夜叉 Hag

登场作品
《哈利·波特与魔法石》、《哈利·波特与密室》、
《哈利·波特与阿兹卡班的囚徒》、
《哈利·波特与火焰杯》

体型 小型 / 中型

类型 非不死族

特征 人形生物，外形粗野，身上长满瘤子

你知道吗?
三年级时，哈利在破釜酒吧看见一个母夜叉在生吃肝脏

　　母夜叉是一种声名狼藉、长相可怕的生物。她们会像巨怪一样使用基础魔法，换句话说，她们很擅长制造麻烦。母夜叉的外形粗野，身上长满丑陋的瘤子，虽然看上去很像女巫，实则有明显不同。要区分两者也很简单，只要看看她们的脚：母夜叉的每只脚上只有四个脚趾。

　　魔法部并没有把母夜叉视作极度危险的生物，实际上，母夜叉的危险程度比阴尸（详见第109页）和狼人（详见第194页）都更低。但是这种危险评级是有问题的，因为母夜叉以人类小孩为食。遭遇母夜叉可能会有创伤性危险。哈利从海格那里得知，奇洛教授就是因为遭遇母夜叉才变得有点神经质。

　　母夜叉并不太擅长伪装自己，因此她们经常以反派的形象出现在麻瓜童话中，比如斯拉夫传说故事中的芭芭雅嘎。在麻瓜传说中，母夜叉通常被描绘为丑陋、邪恶的老女人形象，她们喜欢使用巫术，而且和恶魔有着密切联系。麻瓜认为母夜叉会坐在睡觉的人的胸口，让受害者做噩梦，最终因自己不能呼吸或者无法动弹而惊醒。

哈比 Harpy

登场作品
《哈利·波特与"混血王子"》、
《哈利·波特与死亡圣器》、《神奇的魁地奇球》

体型 大型

类型 非不死族

特征 鸟的身体，女性的脸

你知道吗?
霍利黑德哈比队来自威尔士

　　哈比是鸟类和人类的奇异组合体，霍利黑德哈比队的名字也是由此而来。这是一支来自威尔士北部的著名魁地奇球队，它的球员是清一色的女性。霍利黑德哈比队的标志是一只抓取鬼飞球的鸟爪。金妮·韦斯莱从小就是哈比队的狂热粉丝。离开霍格沃茨后，金妮加入了哈比队，但后来为了家庭而选择退役。

　　在古希腊神话中，哈比是一种代表正义的生物，她们会把作恶的人带走接受复仇女神的惩罚。其中一个倒霉鬼就是菲纽斯国王。菲纽斯国王因为滥用宙斯赐予他的预言能力刺探宙斯的秘密而遭受惩罚。他被流放到一座荒岛上，岛上遍地是食物。这听上去更像是享受，而不是惩罚，但其实每当菲纽斯想吃东西的时候，哈比就会把食物从他手中抢走。

　　拜占庭和罗马作家常把哈比形容为极度丑陋的生物（如果哈比能识字的话，她们一定会感到被冒犯），也有些古代陶器把她们描绘成长着翅膀的美女。

黑利奥帕 Heliopath

详见第200页"黑利奥帕"。

隐匿怪 Hidebehind

登场作品
《神奇动物在哪里》（2017）

体型 大型

类型 魔族

特征 外形像一只又高又瘦的银熊

你知道吗？
隐匿怪可以随心所欲地隐形

　　隐匿怪是一种很可怕的生物。它们不仅仅是生物，也是一种可怕的鬼魂，能够通过变形隐匿在任何物体背后，"Hidebehind"（躲在背后）这个名字也是由此而来的。这种奇异生物的诞生纯属偶然。在一艘开往新世界的船上，一只偷渡的隐形兽和一只食尸鬼交配生下了隐匿怪。这艘船抵达马萨诸塞州后，隐匿怪便逃进森林中。这片区域至今仍生活着大量隐匿怪的后代。

　　这种可怕的野兽会在夜间狩猎，尤其喜食人肉。魔法部给隐匿怪的评级为××××，意味着它们的攻击性很强，只有具备必要能力的巫师才能应对它们。但是，没有多少巫师乐意碰见这种生物。

　　麻瓜也知道这种梦魇般生物的存在。当有伐木工深入荒野，再也没有返回营地时，麻瓜就会认为伐木工碰到了隐匿怪。他们认为隐匿怪会把人拖进它们的洞穴，然后吞食他们的肠子。有一种理论认为酒精饮料能够有效驱走隐匿怪。但之所以会有这种理论，很可能只是因为麻瓜在深夜进入森林时要靠喝酒壮胆。

欣克庞克 Hinkypunk

登场作品
《神奇动物在哪里》（2001）、
《哈利·波特与阿兹卡班的囚徒》

体型 小型

类型 魔族

特征 拎着一个提灯的单腿生物

你知道吗?
哈利三年级的黑魔法防御考试中就出现了欣克庞克

欣克庞克从外表上看是种人畜无害的小生物，但是千万不要被它像烟雾一样毫无攻击性的外表所迷惑。欣克庞克只有一个目的，那就是把你引向绝路。欣克庞克是一种夜行生物，它们会在沼泽附近安家，并且喜欢把疲惫又缺乏防备的旅人引诱进泥潭中淹死。欣克庞克个头矮小，外表脆弱，经常以烟雾的形态出现，缺乏警惕的巫师和麻瓜常常误以为这只是一团白烟。不管你能力高低，都要对这种生物保持高度警惕。

在英国，欣克庞克被称作"鬼火"。麻瓜认为它们是像妖精一样的仙子，会把旅人引向泥潭。当然，大部分麻瓜不相信有这种生物存在，他们认为沼泽和泥潭附近出现的火光是磷化氢、二磷烷和甲烷氧化的产物，而不是幽灵作祟。

因为欣克庞克个头不大，巫师很容易误认为这种生物没有危险，但实际上对于不了解他们的人来说，欣克庞克的危险性很大。最好和它们保持距离，更不要跟随它们走动。

知名欣克庞克

在黑魔法防御课上，莱姆斯·卢平向学生介绍了欣克庞克，后来还在考试中出了和它有关的考题。考试期间，罗恩跟着欣克庞克走进了一片沼泽，所以没有通过测试。

马头鱼尾海怪 Hippocampus

登场作品
《神奇动物在哪里》（2001）

体型 中型

类型 非不死族

特征 上半身是马，下半身是鱼

你知道吗？
苏格兰人鱼除了会驯养马头鱼尾海怪，还会驯养格林迪洛

　　马头鱼尾海怪长着马的头部和前足，以及一条长长的鱼尾巴，所以它们能够在希腊附近的地中海水域自由游弋。未孵化的幼崽被称作"幼驹"。即便还未孵化，你也可以看到它们在透明的蛋壳里游动。1949年，人鱼在苏格兰附近捕捉到一只蓝色马头鱼尾海怪，并将其驯服。虽然这种生物并非没有攻击性，但是对于大部分有能力的巫师来说，这种水生生物并不会构成太大威胁。

　　Hippocampus这个单词源自希腊单词Hippos（马）和Kampos（海怪）。在麻瓜神话中，马头鱼尾海怪其实是成年的海马。希腊人和罗马人认为给海神波塞冬拉战车的就是马头鱼尾海怪。在苏格兰发现的皮克特石雕上也有类似的海怪形象，但尚不清楚这些形象是源自罗马神话，还是在描绘另外一种生物——苏格兰的马形水怪（详见第113页）。在中世纪的家族纹章中经常能看到马头鱼尾海怪的身影。

　　值得一提的是，人类大脑中和记忆有关的区域也被称作海马，因为它的形状就像一只海马。

鹰头马身有翼兽 Hippogriff

登场作品

《哈利·波特与阿兹卡班的囚徒》、
《哈利·波特与火焰杯》、《哈利·波特与凤凰社》、
《哈利·波特与"混血王子"》、
《哈利·波特与死亡圣器》、
《神奇动物在哪里》（2001）、
《神奇动物在哪里》（2016）、
《神奇动物：格林德沃之罪》

体型 中型

类型 非不死族

特征 头部和翅膀是鹰，身体是马

你知道吗?

在巫师世界中，"Get off your high hippogriff"（从你的鹰头马身有翼兽上给我下来）这句话，和麻瓜所说的"Get off your high horse"（从你的马背上给我下来／别在那里趾高气扬）是一个意思

鹰头马身有翼兽长着鹰的头、前爪和翅膀，以及马的身体。对于尊重它们的饲主，它们会表现得非常忠诚。但是千万注意，鹰头马身有翼兽自尊心很强，对于羞辱或激怒它们的人，它们会毫不犹豫地发起攻击。在靠近鹰头马身有翼兽的时候，必须一边深深鞠躬，一边和它们保持眼神接触。只有当它们向你鞠躬回礼时，你才可以慢慢接近它们。但是，强烈建议非专业人士不要试图驯服鹰头马身有翼兽。

鹰头马身有翼兽喜欢捕食昆虫、鸟类和小型哺乳动物。它们会在地面上筑巢，一次只产下一枚蛋，而且它们的蛋非常脆弱。幸运的是，这些蛋只需一天时间即可孵化，而且幼崽的学习速度很快，一周之内就能够学会飞行。

有些巫师——比如纽特·斯卡曼德的母亲——会养殖漂亮的鹰头马身有翼兽。布罗德里克·博德在圣芒戈魔法医院休养时，收到了一只鹰头马身有翼兽的日历作为礼物。神奇马戏团里也有一只鹰头马身有翼兽。

鹰头马身有翼兽已经深入巫师世界的流行文化之中。当罗米达·万尼询问金妮·韦斯莱，哈利胸口是否有一个鹰头马身有翼兽的文身时，金妮回答说那其实是一只匈牙利树蜂龙（详见第54页）。

在麻瓜看来，鹰头马身有翼兽是狮身鹰首兽（详见第87页）和马的组合。在麻瓜神话中，鹰头马身有翼兽可以飞去任何地方，甚至可以飞到月亮上（当然这是一个很荒唐的说法）。因为狮身鹰首兽和马一直互为宿敌，所以它们生下的孩子被视作真爱的代表。在古希腊，鹰头马身有翼兽代表着阿波罗或者他的女神。卢多维科·阿里奥斯托在16世纪的史诗《疯狂的奥兰多》中，讲述了骑士鲁杰罗骑着一只鹰头马身有翼兽去营救他的爱人安杰丽卡的故事。这是关于鹰头马身有翼兽最早的描述。

知名鹰头马身有翼兽

在三年级的保护神奇动物课上，海格向学生们展示了12只鹰头马身有翼兽，其中一只名叫**巴克比克**。哈利就是在这堂课上结识了巴克比克，并学会了如何驾驭它。但是，德拉科·马尔福侮辱了巴克比克，并遭到巴克比克的攻击。为了毁掉海格的名声，马尔福和他有权有势的父亲恶意造谣称巴克比克是一只非常危险的鹰头马身有翼兽。当巴克比克被判处死刑，即将被斩首时，哈利和赫敏使用时间转换器救出了巴克比克，并戴着小天狼星布莱克一起逃跑。此后小天狼星布莱克就一直带着巴克比克过着逃亡生活，直到搬去格里莫广场12号。贝拉特里克斯·莱斯特兰奇杀害小天狼星后，哈利从小天狼星那里继承了巴克比克。但是哈利不想把巴克比克留在小天狼星阴暗的祖宅中，于是他把它还给了海格。为了确保巴克比克的安全，他们给它重新取了个名字叫作蒿翼。在邓布利多死后，哈利怒斥西弗勒斯·斯内普是个懦夫，斯内普展开反击，却遭到巴克比克的攻击并仓皇逃走。在霍格沃茨之战期间，巴克比克对巨人族发起攻击，并抓瞎了他们的眼睛。

神角畜 Hodag

登场作品
《神奇动物在哪里》（2017）

体型 小型

类型 非不死族

特征 头部像青蛙，红色眼睛，有犄角和獠牙，体型和狗差不多大小

你知道吗？

麻瓜认为神角畜最早是由一个叫尤金·谢帕德的人在威斯康星州的莱茵兰德"发现"的。但实际上尤金·谢帕德是个骗子

　　神角畜是一种红眼有角的可怕生物，原产于北美地区。在夜间，麻瓜农民经常会在田里遇到神角畜跟踪月痴兽（详见第129页）。因此，美国魔法国会的麻鸡错误信息司展开了一项行动，让麻瓜相信所谓神角畜不过是个骗局，与此同时，他们悄悄把这些生物全都转移到位于威斯康星州的一个特别保护区。虽然神角畜喜欢捕食月痴兽，但对于有能力的巫师来说，应对神角畜非常轻松。将神角畜的角磨成粉后食用，巫师可以对酒精效果免疫，并且能连续一周不睡觉。

　　普克奇威廉与伊尔弗莫尼魔法学校创始人伊索特·塞耶成为朋友后，曾带她去野外看神角畜如何捕食猎物。

　　威斯康星州和明尼苏达州的麻瓜对神角畜并不陌生。他们认为神角畜是从被烧死的公牛的骨灰中诞生的，并且只吃纯白色的斗牛犬。

凤王鸟 Hoo-Hoo

出处
哈利·波特官方网站

体型 小型

类型 不死族（推测）

特征 身披黑色、白色、红色、绿色和黄色羽毛的火鸟

你知道吗？
在传统艺术作品中，经常能看到凤王鸟攻击一条蛇的画面

凤王鸟（读作"后欧"）是一种来自日本的火鸟。在2014年的魁地奇世界杯比赛中，日本队的吉祥物就是凤王鸟。在季军赛中击败美国队后，日本国家队把一只凤王鸟雏鸟赠予美国队。在麻瓜神话中，凤王鸟是日本版的凤凰，能带来和平与幸福。

霍克拉普 Horklump

登场作品
《神奇动物在哪里》（2001）

体型 微型

类型 非不死族

特征 外形像一株粉红色的蘑菇，但长有黑色刚毛

你知道吗？
纽特·斯卡曼德承认自己小时候很喜欢解剖霍克拉普

霍克拉普原产于北欧，是一种繁殖速度很快的生物，几天时间就能占领一整片花园，并使用触手在地里搜寻蚯蚓。花园地精很喜欢以霍克拉普为食。虽然霍克拉普的分泌物能够制作除草剂，但是在魔法部眼中，这种生物非常"无趣"。

长角水蛇 Horned Serpent

登场作品
《神奇动物在哪里》（2017）

体型 大型 （推测）

类型 非不死族

特征 长着角的蛇

你知道吗？
美国魔法国会主席瑟拉菲娜·皮奎利毕业于伊尔弗莫尼魔法学校长角水蛇学院

长角水蛇是一种神秘而迷人的生物，主要生活在北美地区。最有名的长角水蛇品种，前额上有一枚美丽的魔法宝石，据说这枚宝石具有隐形和飞行魔力。一旦察觉到危险，长角水蛇就会发出低沉的吟唱。虽然长角水蛇在西欧地区遭到过度捕杀，濒临灭绝，但远东地区时有大型长角水蛇出没。

年轻的伊索特·塞耶来到新世界后遇见了一条长角水蛇，这条长角水蛇通过蛇佬腔告诉她："在我成为你家庭的一分子之前，你的家庭在劫难逃。"后来，伊索特做了一个关于长角水蛇的梦。根据梦境，她指导她的丈夫用长角水蛇的角制作了两根魔杖，分别赠予她的两个养子。当黑女巫葛姆蕾·冈特找到他们的住处并袭击伊索特时，葛姆蕾的蛇佬腔诅咒让这对魔杖震动并发出低鸣，将两个男孩从睡梦中唤醒。为了纪念这条长角水蛇，伊索特将伊尔弗莫尼魔法学校的一个学院命名为长角水蛇学院。

北美神话中经常出现长角水蛇。这种生物出现经常预示着水和雷雨即将来临。在马斯科吉的传说中，这种水蛇浑身覆盖着闪亮的鳞片，这些鳞片可用于占卜。在凯尔特神话、古希腊神话和美索不达米亚神话中也能看到长角水蛇的身影。

家养小精灵 House-Elf

登场作品

《哈利·波特与密室》、
《哈利·波特与阿兹卡班的囚徒》、
《哈利·波特与火焰杯》、《哈利·波特与凤凰社》、
《哈利·波特与"混血王子"》、
《哈利·波特与死亡圣器》、
《神奇动物在哪里》（2016）、
《神奇动物：格林德沃之罪》

体型 小型

类型 非不死族

特征 个头矮小，大眼睛、大耳朵，手指、脚趾细长

你知道吗？

布莱克家族会砍下年迈的家养小精灵的头，挂在墙上作为装饰品

家养小精灵是一种个头矮小但能力强大的生物，长久以来，它们一直遭到巫师的奴役。像马尔福家族、布莱克家族这种古老而高贵的纯血统家族，家里通常都会有家养小精灵。他们会把家养小精灵当作家族财富和财产传给后代。小天狼星布莱克死后，哈利就继承了布莱克家族的家养小精灵克利切。一般来说，家养小精灵的后代也会继续侍奉同一个家族，比如家养小精灵闪闪的祖先都是克劳奇家族的仆人，克利切的祖先都是布莱克家族的仆人。

作为奴隶的标志，家养小精灵不会穿正常的衣服，而是穿着枕头套、床单、毛巾或者类似物品。值得一提的是，家养小精灵想要获得自由，唯一的方法就是从主人手中获得衣物，否则，家养小精灵必须终生服侍主人的家族。可悲的是，大部分家养小精灵都习惯了被奴役，并且视自由为耻辱。

正如它们的名字所示，家养小精灵主要负责从事煮饭、打扫一类的家务活。另外，主人的任何要求它们都必须完成。许多家养小精灵都遭到主人的残暴对待。比如，每次多比犯错，作为惩罚，马尔福家族都会强迫它伤害自己。聪明的家养小精灵总是能找到方法做自己想做的事情，比如多比就曾偷偷溜出去警告哈利关于密室的事情。多比多次违抗卢修斯·马尔福的命令，并且能够抵抗自我惩罚的冲动。

和妖精一样（详见第82页），家养小精灵也能够使用强力魔法，并且没有魔杖也能施展咒语。但是，家养小精灵只会在主人允许的前提下使用魔法。正因为它们拥有强大的魔法能力，巫师曾经视它们为一大威胁，就好像如今巫师们看待妖精一样。但是，现代巫师已经习惯了把家养小精灵当作仆役，所以经常会低估甚至忽视它们的能力。比如，家养小精灵能够绕过霍格沃茨的反幻影显形咒。当伏地魔把克利切留在存放魂器的海边洞穴中等死时，他根本没想到克利切可以使用幻影显形轻松离开。

在巫师看来，毫无存在感、任劳任怨的家养小精灵才是合格的家养小精灵。霍格沃茨有着全英国最多的家养小精灵职工：超过一百名家养小精灵负责整个霍格沃茨城堡的烹饪和保洁工作。当哈利、罗恩和赫敏在四年级得知家养小精灵的存在时，只有赫敏对霍格沃茨存在这种奴隶制感到愤怒。她组建了家养小精灵权益促进协会，并组织活动呼吁解放家养小精灵，或者至少让它们获得劳动报酬。但是她的努力并未获得多少成效，因为没有人加入她的行列。

家养小精灵完全接受甚至享受它们的悲惨处境，这也表明巫师奴役它们已经有相当长的时间了。许多巫师对于家养小精灵奴隶制漠不关心，也不觉得这有什么问题。虽然家养小精灵在巫师社会中没有权利也没有政治地位，但是涉嫌犯罪的家养小精灵依然会被判刑。即便主人对它们的态度很好，它们还是不能通过劳动获得任何补偿和认可。正如赫敏所说，巫师对待家养小精灵的方式是不道德、不公正的。希望越来越多的巫师能够意识到改变的重要性。

知名家养小精灵

多比是马尔福家的家养小精灵，它痛恨自己残忍的主人卢修斯·马尔福，并且渴望获得自由。得知卢修斯密谋打开密室后，多比背着主人偷偷警告哈利这一邪恶计划。它阻止哈利和罗恩登上霍格沃茨特快列车，并且对一个游走球施加咒语，让它在魁地奇比赛中攻击哈利，所有这一切都是为了让哈利离开霍格沃茨。在该学期末，为了报答这位家养小精灵，哈利诱骗卢修斯·马尔福释放了多比。摆脱了奴隶身份后，多比成了哈利的忠实朋友，并最终在霍格沃茨的厨房里找到了一份带薪工作。在三强争霸赛期间，多比协助哈利·波特完成了第二项任务。哈利六年级时，多比帮助邓布利多军找到有求必应屋，并且负责监视德拉科·马尔福。多比很喜欢收集衣物，尤其是袜子，图案越艳丽它越喜欢。

当哈利、罗恩和赫敏被搜捕队抓获，并囚禁在马尔福庄园时，多比把他们连同卢娜·洛夫古德、奥利凡德、拉环、迪恩·托马斯一起传送到了贝壳小屋，但是多比自己却因为身受重伤而不幸身亡。为了纪念多比，哈利徒手为它挖出一个坟墓，并刻上墓志铭："自由的小精灵多比长眠于此。"

郝琪是赫普兹巴·史密斯的家养小精灵。赫普兹巴是一位珍稀魔法物品收藏家。汤姆·里德尔杀害赫普兹巴，偷走了它的赫奇帕奇金杯和斯莱特林的吊坠盒，然后设计陷害郝琪为杀人凶手。郝琪因此被魔法部判刑，并死于阿兹卡班监狱。

伊尔玛·杜加尔德是一名混血小精灵，也是莉塔·莱斯特兰奇和她的弟弟小科沃斯的保姆。她把年幼的克莱登斯送到了养母玛丽·卢·巴瑞波恩手中。许多年后，克莱登斯·巴瑞波恩在巴黎找到伊尔玛，但盖勒特·格林德沃指使手下将其杀害，刺激克莱登斯释放出默默然。

克利切是布莱克家族的家养小精灵，小天狼星布莱克死后，哈利继承了克利切。克利切对小天狼星的母亲还有他的弟弟雷古勒斯忠心耿耿。雷古勒斯原本是一名狂热的食死徒，并自愿把克利切交予伏地魔差遣。伏地魔把他的吊坠盒魂器存放在一个海边洞穴后，利用克利切测试洞穴的防御机制。他命令克利切喝下一种可怕的药水，然后把它扔在洞穴里等死。但是克利切使用幻影显形成功逃脱，并协助雷古勒斯用一个赝品调换了魂器。不幸的是，雷古勒斯被阴尸杀害。此后的许多年，克利切都把真正的魂器和布莱克家族的其他传家宝保存在一起。这个性格乖戾的家养小精灵一直独自生活在格里莫广场12号，天天和布莱克夫人的画像说话，直至凤凰社成员入住。

虽然性格讨人厌，但是克利切对善待它的人非常忠诚。它憎恨对它残忍的小天狼星布莱克，却崇拜小天狼星的表姐贝拉特里克斯·莱斯特兰奇和纳西莎·马尔福。克利切深受布莱克家族反麻瓜传统的熏陶，起初对哈利、罗恩和麻瓜血统的赫敏非常不友善。但是在哈利把雷古勒斯的假吊坠盒交给他保管后，它对哈利的态度逐渐好转。哈利三人在格里莫广场居住时，克利切负责照看他们。后来在霍格沃茨之战中，克利切还以哈利和雷古勒斯的名义率领其他小精灵英勇作战。

闪闪是克劳奇家族的家养小精灵，在巴蒂·克劳奇用夺魂咒控制小巴蒂·克劳奇的十余年间，闪闪一直负责照看小巴蒂·克劳奇。它说服主人带他的儿子去观看魁地奇世界杯决赛，结果小巴蒂·克劳奇趁机逃跑，并偷走哈利的魔杖发出黑魔标记，导致闪闪被赶出家门。后来闪闪在霍格沃茨找到了工作，但是一直心情沮丧。后来它得知小巴蒂·克劳奇潜入霍格沃茨并协助伏地魔重出江湖，并亲眼见到小巴蒂·克劳奇被摄魂怪一吻致死，这给它留下了严重的心理创伤。

霍格沃茨
四大学院吉祥物

众所周知，霍格沃茨会根据各个学院的不同标准把新生分入不同的学院：格兰芬多看重勇气与侠义，拉文克劳重视智慧与才思，赫奇帕奇敬重公正与忠诚，斯莱特林追捧诡诈与野心。所以你究竟是狮、鹰、獾还是蛇呢？

格兰芬多之狮

虽然如今狮子主要分布在撒哈拉以南的非洲，但是长久以来，狮子一直以一种文化符号存在于世界各地。这种大型猫科动物有着诸多极具辨识度的特点，包括肌肉强健的身体、锐利的爪子与牙齿、雄伟的鬃毛，这些都是成年雄狮的标志性特征。狮子通常栖息在平原和草原之类的开放环境中。狮子是一种群居性动物，且狮群中有明显的等级之分。虽然狮子是天生的猎手，但是它们并非成天忙于捕猎。相反，大部分时候它们都在休息，只有偶尔才活动一下。这些强大而可怕的生物经常被视作忠诚的标志。

戈德里克·格兰芬多选择狮子作为格兰芬多学院的吉祥物。大胆、勇敢、骄傲的格兰芬多学子都是天生的勇士，他们会在第一时间站出来维护正义，也会像狮子保护族群一样保护自己的同伴。当哈利在一年级被分入格兰芬多时，其他学生热情地欢迎他加入这个大家庭。哈利在学校风波不断的这几年，狮院学子大部分时候都坚定地站在他身边。格兰芬多的院长是米勒娃·麦格教授，她对自己学院的学生有极强的保护欲，并且因他们而感到无比自豪。格兰芬多学子勇敢无畏，但是有时也会有勇无谋。哈利、罗恩和赫敏一行就经常表现出这种鲁莽，比如点燃老师的衣服，或是潜入古灵阁并且骑着一条龙逃离现场。在许多文化中，狮子都代表力量、勇气和尊贵，因此狮子是格兰芬多最完美的吉祥物。

拉文克劳之鹰

你可能一直以为拉文克劳学院的吉祥物是一只渡鸦，但其实那是一只鹰。

鹰是一种大型猛禽，以力量、速度和敏捷而闻名。全世界有超过60种鹰，大部分分布在欧洲、亚洲和非洲。尖锐的喙和爪子以及肌肉强健的腿部让它们能够轻松撕裂猎物的身体。鹰有着强大的负重能力和敏锐的视力，能够在极远距离之外发现猎物。根据栖息环境的不同，鹰会捕食鱼、蛇、小型哺乳动物等，它们能在爪子不着地的情况下迅速抓起猎物并离开。鹰喜欢在树顶或者悬崖上筑巢。在世界各地的文化中，鹰都是力量的象征，加上它们敏锐的视力，鹰常常被视作智慧的代表。

罗伊纳·拉文克劳欢迎思想开明、聪明好学的学生进入拉文克劳学院。拉文克劳学子比其他任何人都更看重智慧、创造力和想象力。他们的宿舍像鹰巢一样建在塔楼的顶部，他们的心思也像鹰的视力一样敏锐。虽然"哈利·波特"系列作品中的拉文克劳学院角色并不多，但是那些个性鲜明的角色都是哈利的好朋友。比如卢娜·洛夫古德，她的勇敢无畏、丰富的想象力、聪慧才华和与众不同的个性让她深受大家的喜爱。

赫奇帕奇之獾

不同于其他学院威风凛凛的吉祥物，赫奇帕奇学院的吉祥物是一只其貌不扬的獾。獾在欧洲是一种非常常见的生物，结实的身体、锋利的爪子和强壮的四肢让它们非常擅长挖洞。獾是杂食动物，适应性非常强，大部分时候捕食蚯蚓和小型昆虫，有时也会吃水果和小型哺乳动物。

獾是一种群居性动物，它们会打造巨大而复杂的洞穴，并定期打扫和维护这个宝贵的家，还会和家人同住，甚至把洞穴一代一代传下去。獾的天敌并不多，大部分时候它们都是非常温顺的动物。但是被激怒时，它们也会毫不犹豫地奋起反击，它们的尖牙利爪让许多大型食肉动物也畏惧三分。在欧洲文学和民间传说中，獾经常被描绘为独来独往、安静而勤劳的生物，除了偶尔表现出攻击性，大部分时候都安分守己。

虽然乍一看不像是什么正经的吉祥物，但是没有其他动物比獾更能代表赫奇帕奇脚踏实地、坚韧不拔的精神。赫奇帕奇学子性格坚忍、勤奋、真诚，而且无比忠诚。赫奇帕奇的宿舍就像獾的洞穴一样位于霍格沃茨的地下。赫奇帕奇的宿舍舒适安全，外人轻易无法进入。赫奇帕奇学子经常被格兰芬多、拉文克劳和斯莱特林的同学瞧不起，但是在面临困境时，赫奇帕奇学子总是能第一时间站出来。实际上，除了格兰芬多之外，赫奇帕奇学院在霍格沃茨之战中贡献了最多的学生战士，而且许多赫奇帕奇学子加入了邓布利多军，面对多

洛雷斯·乌姆里奇也毫不畏惧。知名赫奇帕奇学子包括塞德里克·迪戈里、尼法朵拉·唐克斯和纽特·斯卡曼德，他们全都是坚强的战士和可靠的朋友。总而言之，赫奇帕奇学子非常忠诚、正直、善良和努力。

斯莱特林之蛇

全世界有着将近4000种蛇，蛇的足迹遍布除南极洲之外的每一片大陆，它已经融入了世界上的每一种文化。大部分蛇没有毒，但少数蛇的毒性对人类非常致命，而且这些爬行动物十分依赖毒液捕杀猎物。即便是无毒蛇，也会使用它们无比灵活的嘴巴将猎物整只生吞，或者用强劲的身体将猎物紧紧缠住，使其窒息。因此，蛇一直以能够吞下比自己的头部大好几倍的猎物而闻名。蛇是一种喜欢独来独往的动物，不管是萨拉查·斯莱特林的蛇怪，还是伏地魔的宠物蛇纳吉尼，蛇（就像斯莱特林学子一样）的名声一直都不好。虽然"蛇"这个词经常用来指代不值得信任的人，但在许多文化中，蛇常常代表智慧、治愈与力量。

萨拉查·斯莱特林只喜欢纯血统学生。因为这个原因，斯莱特林学院一直以盛产纯血统至上主义者和伏地魔支持者而闻名。虽然他们经常和黑魔法挂钩，但斯莱特林学子并非本性邪恶，他们只是非常狡猾，机灵、志向远大，而且富有耐心是他们的优点。和蛇一样，斯莱特林学生并不特别擅长社交，但是如果他们自己或所爱之人受到威胁，他们一定会毫不犹豫地发起反击。蛇院学子和他们的吉祥物一样，绝非天生奸诈，但是他们确实会为达目的不择手段，对于任何挡路的东西，他们都会毫不留情。

人类 Human

登场作品

《哈利·波特与魔法石》、《哈利·波特与密室》、
《哈利·波特与阿兹卡班的囚徒》、
《哈利·波特与火焰杯》、《哈利·波特与凤凰社》、
《哈利·波特与"混血王子"》、
《哈利·波特与死亡圣器》、
《神奇动物在哪里》（2001）、
《神奇动物在哪里》（2016）、
《神奇动物：格林德沃之罪》、
《哈利·波特与被诅咒的孩子》

体型 中型

类型 非不死族

特征 因人而异

你知道吗?

纽特·斯卡曼德一直称人类是"地球上最凶狠的生物"

　　虽然人类不是传统意义上的"生物"（其实人类也符合对于"人"与"兽"的分类标准），但是人类有着不同的魔法能力和性格，所以还是值得一提。出生自非魔法家庭且没有魔法的人，在英国和爱尔兰被称作"麻瓜"，在美国被称作"麻鸡"，在法国被称作"非巫师"。虽然麻瓜迫害魔法人士的行为已经成为历史，但是巫师世界依然坚持与麻瓜世界划清界限。为防止麻瓜获知魔法世界的存在，《国际巫师联合会保密法》至今依然有效。

　　在极少数情况下，诞生自魔法家庭的人也可能不具备任何魔法能力，这些人被称作"哑炮"。哑炮通常被视作二等公民。对于许多巫师家庭来说，哑炮是一种耻辱。

　　巫师可能来自魔法家庭，也可能来自麻瓜家庭。虽然数百年来一直有关于纯血统至上理念的争论，但是没有任何证据表明纯血统能够决定一个人的能力。麻瓜血统甚至混血种经常会遭受纯血统主义者的歧视，但实际上他们的能力与纯血统巫师不相上下。

　　要了解更多知名人类角色，请参考《哈利·波特：角色全书》。

小魔鬼 Imp

登场作品
《神奇动物在哪里》（2001）

体型 微型

类型 非不死族

特征 人形生物，身高六到八英寸（1英寸 ≈ 2.54厘米）

你知道吗？
小魔鬼从蛋里孵出来时就是成年的样子，只不过身高仅有1英寸

　　小魔鬼是一种生性顽皮的生物，喜欢对毫无防备的巫师恶作剧。通常它们会推倒或者绊倒人类，这么做除了好玩并无其他恶意。小魔鬼是一种基本无害的生物，所以魔法部给它们的评级是 × ×。

　　在英国和爱尔兰的河岸或者沼泽地区，巫师很容易碰上小魔鬼，这些生物经常在这些地区捕食昆虫。小魔鬼经常被误认为仙子或者小精灵，其实它们的身体通常为棕色或者黑色，而且没有翅膀。

　　麻瓜喜欢用"Imp"这个词指代小恶魔或者仙子类的生物。在他们眼中，这种生物更多只是顽皮而非邪恶。小魔鬼热衷于开玩笑与恶作剧，而且通常把快乐建立在别人的痛苦之上，所以它们的名声不太好。"Impish"这个词就是用来形容品行顽劣的人。

　　各种欧洲传说中都有小魔鬼的身影，它们通常是神明、恶魔或者女巫之类角色的仆从。作为仆从，小魔鬼可能会伏在某种道具上，并且可以用来实现愿望，类似于镇尼或者精灵，罗伯特·路易斯·史蒂文森的《瓶中怪》就是最好的案例。

阴尸 Inferius

登场作品
《哈利·波特与"混血王子"》

体型 中型

类型 魔族

特征 眼睛呈白色、浑浊，外形类似僵尸，保持生前的模样

你知道吗?
在第 427 届魁地奇世界杯比赛期间，海地魁地奇国家队带来一群阴尸作为他们的吉祥物

阴尸是一种没有灵魂的不死生物，是用黑魔法创造而成的。黑巫师会唤醒阴尸作为自己的仆从。阴尸没有思想也没有情感，必须使用复杂的咒语才能让他们执行具体任务。因为阴尸已经死了，所以他们无法感觉到疼痛，只能用火才能消灭。

在两次巫师战争期间，伏地魔打造了一只阴尸大军。据说许多在此期间人间蒸发的麻瓜和巫师都被他变成了阴尸。小天狼星布莱克的弟弟雷古勒斯为了获取伏地魔的一个魂器而被一群阴尸杀死。他自己可能也变成了一个阴尸，但尚无确切信息能够证明。

阴尸和麻瓜世界所描绘的一些僵尸非常相似，都是复活的死尸，并且被复活他们的人所利用。许多麻瓜奇幻故事中都有被称为招魂术的魔法，非洲也有用尸体的灵魂来控制尸体的故事。

鹿角兔 Jackalope

出处
哈利·波特官方网站

体型 小型

类型 非不死族

特征 有像长耳大野兔一样强健的后腿和长耳朵，头上长有鹿角

你知道吗?
尚不清楚鹿角兔是天然生物还是杂交产物

鹿角兔长着长耳大野兔的身体和羚羊的角。鹿角兔的角具有魔法，在北美地区被用作魔杖杖芯的材料。伊尔弗莫尼魔法学校创办初期，伊索特·塞耶在制作魔杖时，发现了鹿角兔的角可以用于制作杖芯。

在麻瓜社会中，关于鹿角兔的民间传说源自美国西部。20世纪30年代，怀俄明州的猎人开始出售带鹿角的长耳大野兔标本，导致关于鹿角兔的传说风靡一时。在一些西部传说故事中，鹿角兔能够模仿人类的声音，而且可以用威士忌把它们引诱出来。有些鹿角兔的标本还长有獠牙，在一些故事中，鹿角兔是非常凶猛的战士。虽然这种生物是用来吸引游客的噱头，但是麻瓜依然在争论鹿角兔是否真的存在。

世界各地都有关于长角兔子的故事，比如德国巴伐利亚的鹿角飞兔，这种兔子长有翅膀。在波斯和欧洲地区，早在中世纪就有长角兔子的目击记录。但这些兔子很有可能只是感染了休普氏乳头瘤，这种病毒会导致它们的头部长出角状物质。

土扒貂 Jarvey

登场作品
《神奇动物在哪里》（2001）

体型 小型

类型 非不死族

特征 外形像一只大雪貂

你知道吗？
土扒貂是一种肉食性动物，喜欢捕食地精、鼹鼠、老鼠和其他生活在地下的小型生物

土扒貂是一种生活在地下的生物，常见于北美、英国和爱尔兰地区。和鹦鹉或者渡鸦一样，它们具备语言能力。但它们不是简单地模仿人说话，而是能够交流自己的想法。魔法部给予土扒貂中等评级，因为它们咬起人来非常凶狠。曾经有一名方济各修道士在打理花园的时候被一只土扒貂咬伤，还遭到了它的辱骂。

绝音鸟 Jobberknoll

登场作品
《神奇动物在哪里》（2001）

体型 微型

类型 非不死族

特征 蓝色羽毛，羽毛上有斑点

你知道吗？
绝音鸟的羽毛可用于制作回忆剂和吐真剂

绝音鸟原产于欧洲和美洲。这种蓝色鸟类非常低调，所以魔法部给它们的评级也很低。绝音鸟一生都不会发出叫声。直到临终时刻，它才会把曾经听到过的所有声音逐一叫出来，而且是从它最近听到过的声音开始。与绝音鸟类似，麻瓜认为天鹅也只会在临死前歌唱，所以有一个词叫"天鹅绝唱"，用来形容最后的表演。许多鸟类都具有声音模仿能力。

卡巴 Kappa

登场作品

《哈利·波特与阿兹卡班的囚徒》、
《神奇动物在哪里》（2001）、
《神奇动物：格林德沃之罪》

体型 中型

类型 非不死族

特征 手上有蹼，身体像猴子，皮肤长有鳞片，头顶有一个浅浅的水洼

你知道吗?
斯内普声称这种水怪常见于蒙古

卡巴类似于日本传说中的河童，是生活在浅水区域的水怪。它们会将入侵领地的人类勒死，并吸食他们的血液。因为卡巴非常危险，所以魔法部给它们的评级为 ××××，但是有能力的巫师是可以和它们交流的。哈利和他的朋友们在三年级的黑魔法防御课上见到了卡巴。神秘马戏团里也有一只卡巴。

通常认为卡巴喜欢黄瓜，如果把一个人的名字刻在黄瓜上并献给卡巴，卡巴就不会伤害这个人。巫师可以诱骗卡巴向自己鞠躬，这样它们头顶水洼里的水就会倒出来，这会让它们失去平衡，削弱它们的能力。巫师可以趁机轻松击败它们。

卡巴长得就像手上有蹼、身上有鳞的猴子。而日本传统麻瓜神话中的河童经常被描述为背着龟壳、长得像小孩的绿色生物。有些故事中的河童非常温顺，只是喜欢恶作剧，而有些故事中的河童则非常邪恶。

马形水怪 Kelpie

登场作品
《哈利·波特与密室》、《哈利·波特与"混血王子"》、
《神奇动物在哪里》(2001)、
《神奇动物:格林德沃之罪》

体型 大小不等

类型 非不死族

特征 马形水怪最常见的形态是长着水草鬃毛的马

你知道吗?
马形水怪的毛发可用作魔杖杖芯,但是奥利凡德认为这种材料比较劣质

　　马形水怪是一种水生生物,喜食人肉,非常危险,魔法部给它们的评级是××××。作为一种变形怪,马形水怪可以随心所欲变成各种模样,包括海蛇和水獭。但是大部分时候,它们都是长着水草鬃毛的马的形象。这种温顺的外形让它们能够引诱好奇的人骑到它们背上,这时它们便会立刻潜入深水,将受害者生吃下去。巫师在英国和爱尔兰地区的湖泊、河流边活动时一定要小心,以免沦为马形水怪的食物。

　　虽然马形水怪极度危险,但是它们也是可以被驯服的。在它们的头上套上马笼头(可使用放置咒)即可消除马形水怪的威胁,甚至可以骑在它们身上驾驭它们。纽特·斯卡曼德在伦敦时就曾经驯养了一只马形水怪,但是这只水怪曾经咬伤他的助手班蒂。

　　在凯尔特神话中,马形水怪是一种迷人又可怕的生物。它们通常以俊美的黑马形态出现,等待愚蠢的人类骑到它们背上,然后把他们驮入水中吃掉。在一些故事中,马形水怪长着朝向后方的蹄子,或者会以海怪甚至人类的形态出现,以便诱捕猎物。在人们的描述中,马形水怪通常长着泛绿色的皮肤,毛发或者蹄子中伸出水生植物。

在其他欧洲文化中也能找到可怕的变形水怪的传说，最有名的是斯堪的纳维亚的水妖或者法罗群岛的马怪。虽然这些生物攻击欲望各异（有些被驯服之后，甚至能教人知识），但是通常认为接触这些生物会带来不幸。要想击败马形水怪，除了使用马笼头，还可以使用银弹和铁。但如果马形水怪戴着马笼头出现，那么很有可能是在故意引诱猎物骑到它们身上。

在许多故事中，马形水怪和其他类似生物都很擅长化身俊美男子欺骗女性。也就是说，马形水怪的民间传说不仅被用来解释溺水和失踪的迷案，还被用来警示读者不要在水边嬉闹和相信陌生人。

知名马形水怪

尼斯湖水怪可能是最有名的马形水怪，因为它特别喜欢在麻瓜面前露面。关于这一传奇生物究竟是不是一条海蛇早有定论，因为国际巫师联合会的代表曾经亲眼见到它变成一只水獭躲避麻瓜调查员。

刺佬儿 Knarl

登场作品
《哈利·波特与凤凰社》、《神奇动物在哪里》（2001）

体型 微型 / 小型

类型 非不死族

特征 又小又圆，身上长满尖刺，外形很像刺猬，但是比刺猬更具攻击性

你知道吗？
魔法部给刺佬儿的评级是 ×××，即本性并不凶狠（虽然它们很擅长制造麻烦）

刺佬儿几乎在各方面都和刺猬无异，只是脾气不太一样。刺猬很乐意接受送到嘴边的食物，但是骄傲的刺佬儿会把这种行为理解为是要毒害或者诱捕它。同样，当刺猬感到危险时会蜷成一个刺球，但是刺佬儿感到危险时，会立刻把侵犯者的花园闹得天翻地覆。

刺佬儿的刺具有魔法效果，韦斯莱双胞胎制作的速效翘课糖就使用了刺佬儿的刺作为原料。服下刺佬儿的刺可以导致突发剧烈疾病，也可以治好这些疾病，其他诸如吐吐糖、昏迷花糖、鼻血牛轧糖里都有这种原料。

在保护神奇动物课的 O.W.L. 考试中，哈利和他的同学必须在一群刺猬当中找出刺佬儿。他们通过给它们牛奶找出了刺佬儿，因为刺佬儿很容易被喂食动作触怒。

麻瓜经常能在欧洲、非洲和亚洲地区遇见刺猬。和刺佬儿一样，这些小型短腿生物浑身长满尖刺。刺猬主要以昆虫为食，但有时也会捕食青蛙、蛇和鸟蛋。

猫狸子 Kneazle

登场作品

《哈利·波特与阿兹卡班的囚徒》、
《哈利·波特与火焰杯》、《哈利·波特与凤凰社》、
《哈利·波特与"混血王子"》、
《哈利·波特与死亡圣器》、《神奇动物在哪里》（2001）

体型 小型

类型 非不死族

特征 毛发上有斑点，大耳朵，狮子尾巴，非常聪明

你知道吗？

赫敏的克鲁克山就是一只混血猫狸子，它非常聪明，看人特别准，这可能也是它会喜欢同样聪明的赫敏的原因

猫狸子深受世界各地的巫师喜爱。它们外形像猫，但是和普通的家猫不一样，它们的毛发上有斑点，尾巴像狮子尾巴，耳朵巨大，而且智力超群。猫狸子是非常独立的生物，喜欢独来独往。一旦它们和巫师形成依赖关系，就会成为非常忠诚的宠物。饲养猫狸子必须获得魔法部许可，且主人必须盯紧自己的宠物，因为猫狸子和普通猫差别很大，很容易引起麻瓜不必要的注意。猫狸子可以和普通猫繁殖后代，混血猫狸子也非常适合当宠物饲养。混血猫狸子比普通猫更加聪明机灵，但是它们存在一定的危险性，所以魔法部给它们的评级为中等。当然，它们通常并不具备攻击性。

猫狸子看人很准，它们能感觉到一个人是否值得信任，是否隐藏了什么秘密。对于不信任的人，它们会毫不犹豫地表现出敌意。它们还能够理解人类的语言。主人迷路的时候，它们会主动带路。

在中世纪民间传说中，猫被视作是女巫的密友，偶尔还能够提升女巫的魔力。在许多文化中，猫都是智慧、聪颖和好运的象征。

知名猫狸子

赫敏的混血猫狸子克鲁克山能够分辨出某个人或者某只生物是否值得信任。当哈利、罗恩和赫敏在对角巷的神奇动物商店第一次见到克鲁克山时，它立刻就察觉到罗恩那只老掉牙的宠物老鼠斑斑并不简单。克鲁克山立刻向罗恩发起攻击，当然它的真正目标是斑斑，也就是小矮星彼得的阿尼马格斯形态。小天狼星布莱克以一只黑狗的形态藏匿在霍格沃茨期间，克鲁克山还和他成了好朋友。克鲁克山一遇见小天狼星就非常信任他，还帮他从格兰芬多塔楼偷来了许多通行口令，好让小天狼星能够找到小矮星彼得，完成他的复仇。在尖叫棚屋，当哈利攻击小天狼星时，克鲁克山立刻跳到小天狼星的胸前保护他。小天狼星也非常喜欢克鲁克山的陪伴。

纽特·斯卡曼德和他的妻子蒂娜退休之后，和三只宠物猫狸子一起生活在多赛特，这三只猫狸子分别叫霍比、米丽和莫勒。

德思礼一家的邻居费格太太热衷于培养猫狸子和猫的杂交品种。她养了好几只混血猫狸子，包括爪子先生、踢踢先生、雪儿和毛毛。哈利在女贞路生活期间，这些聪明的猫狸子帮助费格监视哈利的动向。当蒙顿格斯·弗莱奇擅离职守时，正是踢踢先生第一时间通知了费格太太。

小矮妖 Leprechaun

登场作品
《哈利·波特与火焰杯》、《神奇动物在哪里》（2001）

体型 微型

类型 非不死族

特征 人形生物，身高六英寸，浑身绿色

你知道吗？
小矮妖穿着用树叶做成的衣服，和仙子、狐媚子、小精灵和小魔鬼有亲缘关系，并且会飞行

　　小矮妖原产于爱尔兰，虽然他们能够说话，但是魔法部依然把他们归类为"兽"。尚不清楚这种分类是否让他们感到冒犯，至少他们从未提出抗议。虽然小矮妖没什么危险性，但是他们热衷恶作剧的习惯还是会给巫师造成一定威胁。

　　小矮妖都是恶作剧大师，但是他们的恶作剧通常不会造成什么持续性破坏。小矮妖会制作小矮妖金币，这种金币看上去和真实金币无异，但是几小时后就会消失。1994年魁地奇世界杯期间，爱尔兰国家队将小矮妖作为他们的吉祥物。这些小矮妖表演了精彩的空中飞行，并向观众洒下了小矮妖金币雨。罗恩接住了几个金币，希望把这些金币送给哈利，感谢他送了自己一个全景望远镜。可惜的是，这些金币没多久就消失了。同年，海格在保护神奇动物课上讲解嗅嗅时也用上了小矮妖金币。

　　和仙子一样，小矮妖也很渴望人类的关注。在麻瓜的民间传说中，小矮妖经常代表着财富——据说他们把一坛金子藏在了彩虹的彼端——和好运。

伏地蝠 Lethifold

登场作品
《神奇动物在哪里》（2001）

体型 中型

类型 非不死族

特征 外形看上去像一张黑色斗篷或者一片黑影，无明显眼睛、嘴巴或者附器，厚度约半英尺

你知道吗？
虽然关于伏地蝠的信息不多，但是这种生物可能与摄魂怪有关系，因为它们也惧怕守护神咒

　　伏地蝠也被称作"活尸布"，是一种非常狡猾而可怕的生物，外形看上去就像一张黑色斗篷或者一片黑影。魔法部给伏地蝠的评级为×××××，这是魔法部的最高评级，代表该生物对巫师极其危险且充满敌意。伏地蝠会悄声无息地对熟睡的猎物发起攻击，它会先让猎物窒息而死，然后把猎物完全吞噬，不留一丝痕迹。刚进食的伏地蝠会比正常情况下稍微厚一点。

　　关于伏地蝠的最早描述来自一个叫弗莱维·贝尔比的人。1782年，弗莱维·贝尔比从伏地蝠口中侥幸逃生，因为他在危急时刻很幸运地醒过来了。贝尔比形容伏地蝠冰冷湿黏的触感很像摄魂怪（详见第43页）。贝尔比抓起魔杖，接连施展了一系列咒语驱逐这个可怕的生物，最终奏效的是他的守护神咒。

　　历史上关于伏地蝠袭击事件的记录并不多，因为很少有巫师能从中幸存下来。不少巫师利用这一点假装遭到伏地蝠攻击，并借此人间蒸发。1973年，杰纳斯·西奇就使用了这一招，并且差点成功，可惜后来他被人发现和情妇生活在离家仅5英里（约8.05千米）远的地方。

已知阿尼马格斯及其动物形态

　　"阿尼马格斯"指的是能够任意变身为动物的巫师。这是一项非常罕见的技能，据说每1000个巫师里只有一人能够掌握这种魔法。巫师的阿尼马格斯形态通常与其守护神形态保持一致。

甲虫

　　丽塔·斯基特是《预言家日报》八卦专栏的记者，这个臭名昭著的狗仔是一个未注册的阿尼马格斯。她会变身成为甲虫，然后通过监视他人收集八卦猛料。当赫敏意识到丽塔是一名阿尼马格斯后，设法抓住了她，并且威胁要在三强争霸赛结束后揭发她。丽塔被迫从新闻界引退一年。

鸟

　　摩根·勒·费伊，又名莫佳娜，是一名中世纪的知名黑巫师。她还出现在了巧克力蛙画片上。她的阿尼马格斯形态是一只鸟，但因年代久远，具体是什么鸟已经无从考证。

猫

　　备受尊敬的米勒娃·麦格是一名注册阿尼马格斯，也是最有名的阿尼马格斯之一。她可以变成一只虎斑猫，猫的眼睛周围有一圈圆形花纹，恰好和她戴的眼镜一样。她曾经变身成为阿尼马格斯形态在女贞路等待年幼的哈利到来。

乌鸦

　　爱尔兰女巫莫瑞根能够变身成为一只乌鸦。她是伊尔弗莫尼魔法学校创始人伊索特·塞耶的祖先。

狗

小天狼星布莱克的阿尼马格斯形态是一条大黑狗，这也是在致敬他的姓氏布莱克（Black）。小天狼星是一名未注册的阿尼马格斯。他在五年级时获得这一能力，目的是在莱姆斯·卢平变身狼人时陪在他身边。因为这个阿尼马格斯形态，小天狼星有了一个绰号叫"大脚板"。

猎鹰

历史上有记录的第一个注册阿尼马格斯是希腊巫师法尔科·艾萨伦，他可以变成一只猎鹰——一种非常聪明的猛禽。

沙鼠

德里安·图特利是一名注册阿尼马格斯，他能够变身成为一只沙鼠。在一次阿尼马格斯国际研讨会上，图特利看到一群来自瓦加度魔法学校的学生能够轻易变身成为各种动物。也许是因为感觉自己的能力受到威胁，图特利对瓦加度魔法学校发起了申诉。

兔子

1422年，法国女巫莉塞特·德·拉潘因为从事巫术活动而被捕，但她最后变身成一只大白兔并成功逃跑。她可能是童话故事《兔子巴比蒂和她的呱呱树桩》的灵感源。该童话故事可能是最早提及阿尼马格斯的巫师文学作品。

老鼠

小矮星彼得也叫"虫尾巴"，他是掠夺者的第四名成员，也是一名未注册的阿尼马格斯。整整十二年时间里，他一直假装成宠物老鼠斑斑生活在韦斯莱家。后来他的真实身份被小天狼星揭穿（其实克鲁克山早就看出他有问题）。

牡鹿

与他的朋友彼得还有小天狼星一样，詹姆·波特也是一个未注册的阿尼马格斯。他可以变成一只牡鹿，并因此获得绰号"尖头叉子"。后来他的儿子哈利召唤出来的守护神也是牡鹿。

吸血狼 Leucrotta

登场作品
《神奇动物：格林德沃之罪》

体型 大型

类型 非不死族

特征 长着巨大的犄角，外形像驼鹿，有着如洞穴般巨大的口腔

你知道吗？
吸血狼也写作 Crocotta 或者 Leucrocotta

> 吸血狼是纽特的神奇生物箱中的生物之一，这是一种口腔巨大的大型野兽。在古代和中世纪神话中，这种生物被描绘成鬣狗和狮子的混合体，或者像客迈拉兽（详见第37页）一样是多种野兽的混合体。根据历史记录，吸血狼的能力包括超乎寻常的力量和速度，而且能够惟妙惟肖地模仿人类的声音。

洛巴虫 Lobalug

登场作品
《神奇动物在哪里》（2001）

体型 小型

类型 非不死族

特征 十英寸长，身体富有弹性，嘴巴呈管状，有毒液囊

你知道吗？
魔法部给洛巴虫的评级为 ×××

> 水生生物洛巴虫在面对捕食者时，会收缩毒液囊，向敌人射出致命毒液，类似乌贼射出墨汁。人鱼（详见第125页）会利用洛巴虫的这种防御机制把它们当成武器使用。洛巴虫很像海参，海参也生活在海底，并且有着又长又软的身体。有些海参还能够伸出内脏缠住敌人，并分泌出有毒物质将周边动物全部杀死。

软爪陆虾 Mackled Malaclaw

登场作品
《神奇动物在哪里》（2001）

体型 小型

类型 非不死族

特征 外形像普通的虾，灰色外壳，身上有墨绿色斑点

你知道吗？
软爪陆虾可以长至一英尺长

软爪陆虾是一种让你吃过一次后就不再想碰任何甲壳类动物的可怕生物。吃它的肉会引发绿色疹子和高烧，被它咬一口会倒霉一个礼拜。软爪陆虾原产于欧洲，生活在沿海地区，主要以甲壳类生物为食。根据魔法部的说法，软爪陆虾对巫师只构成一般威胁。

人头狮身蝎尾兽 Manticore

登场作品
《哈利·波特与阿兹卡班的囚徒》、
《哈利·波特与火焰杯》、《神奇动物在哪里》（2001）

体型 中型

类型 非不死族

特征 人头，狮身，蝎尾

你知道吗？
人头狮身蝎尾兽的螫刺能够一击毙命

人头狮身蝎尾兽是世界上最可怕的野兽之一，也是一种专为杀戮而生的生物。赫敏从书上得知：有一只杀戮成性的人头狮身蝎尾兽一直逍遥法外，因为没有人敢去对付它（它们的皮肤能够反弹几乎所有已知的诅咒）。这种罕见而又邪恶的混合兽被魔法部评级为×××××。据说它在吃猎物的时候会发出低声的吟唱。遇见人头狮身蝎尾兽就标志着你死期已至。

螨乌贼 Marmite

登场作品
《神奇动物在哪里》（2016）

体型 小型

类型 非不死族

特征 身体透明，能发出荧光，触角很长（可长达 10 英尺）

你知道吗?
作为宠物饲养时必须用奶瓶喂养

　　螨乌贼是一种非常奇异的生物，看上去像是尘螨和乌贼的杂交品种。纽特的魔法箱子里就有一只幼年的螨乌贼。纽特小心翼翼地用奶瓶喂养它，确保它能健康成长。在麻瓜世界中，Marmite 其实是英国的一种很受欢迎的调味酱，是用啤酒的发酵物制作而成的。

玛达戈猫 Matagot

登场作品
《神奇动物：格林德沃之罪》

体型 小型 / 中型

类型 魔族

特征 暴凸的蓝色眼睛，黑色身体，外形像猫

你知道吗?
玛达戈猫在受到攻击时会变出分身

　　玛达戈猫是一种法国使魔，负责看守法国魔法部。玛达戈猫通常以黑色大猫的形态出现，但是为了避人耳目，有时也会变成普通家猫的样子。和猫一样，玛达戈猫通常并不危险，只有被激怒时才会发起反击。在战斗中，玛达戈猫会变出分身。纽特·斯卡曼德、蒂娜·戈德斯坦和莉塔·莱斯特兰奇在潜入法国魔法部的档案室时就遭遇了玛达戈猫，幸运的是他们最后全身而退。

人鱼 Merpeople

登场作品
《哈利·波特与火焰杯》、《哈利·波特与凤凰社》、
《哈利·波特与"混血王子"》、
《神奇动物在哪里》（2001）

体型 中型

类型 非不死族

特征 上半身是人，下半身是鱼

你知道吗?
人鱼有他们自己的语言，叫人鱼语

　　人鱼是麻瓜和巫师都非常熟悉的生物，但是人鱼文化依然包裹在谜团之中。长久以来，人鱼一直是童话故事中的常客，但是如今麻瓜已经不再相信人鱼的存在。

　　"人鱼"是一个非常笼统的称呼，巫师用它来指代一系列有智慧的水下生物。和同为高级混合生物、喜欢独处的马人（详见第33页）一样，人鱼虽然具备语言能力，但它们坚持要求魔法部把它们归类为"兽"而不是"人"。魔法部答应了它们的要求，因此至今它们仍被归类为"兽"。虽然通常认为人鱼不具有攻击性，但是魔法部给它们的评级依然是××××。和马人一样，这个评级只是希望巫师能给它们足够的尊重并保持警惕。

　　和人类一样，人鱼有各种各样的外形、颜色和体型。生活在苏格兰（尤其是洛蒙德湖）的人鱼被称作"塞尔基"。麻瓜看到塞尔基一定会觉得失望，甚至浑身不适。大部分时候，人鱼远没有童话故事里描述的那么美丽。塞尔基长着墨绿色的蓬乱头发、灰色的皮肤和银色的鱼鳍，更不用提那对黄澄澄的眼睛和一口又烂又黄的牙齿。塞尔基和生活在温暖水域、风情万种的塞壬天差地别，但是它们都喜欢用绳子串起卵石制作成饰品。

在霍格沃茨校园内，距离城堡四百米的大湖中生活着一大群人鱼。它们的聚落入口处放着一块巨石，巨石上画着表现人鱼追逐巨乌贼（详见第79页）的场景。巨乌贼也生活在大湖里，但是人鱼为什么要拿起武器猎捕这些温顺的巨型生物，至今仍是个谜。也许它们曾经尝试驯养巨乌贼，因为人鱼一直有这个爱好。1949年，几只塞尔基在苏格兰海岸附近成功捕捉到一只马头鱼尾海怪（详见第93页）并将其驯服，证明人鱼什么都能驯养。

在三强争霸赛的第二项任务中，哈利在寻找罗恩时，在一片浑浊中看见了塞尔基的水下村落。他看见简陋的石头房子和种满某种湖藻的花园，并且看到人鱼把格林迪洛（详见第88页）拴在花园的柱子上当成宠物驯养。他们甚至还有自己的广场。哈利还遇见了一只身材高大、长着胡子的塞尔基，站起来约有七英尺高。它戴着用鲨鱼牙齿串起的项链，手持一把长矛。在哈利游经水下村落时，他注意到好几只人鱼手上都握着这种武器。但是，长矛并非塞尔基的唯一武器。人鱼还会把一种名叫洛巴虫（详见第122页）的海洋生物当成武器使用。洛巴虫是一种体长十英寸的生物，它们的毒液能够对敌人造成致命伤害。

生活在爱尔兰地区的人鱼被称作"麦罗"。这种生物在外形上和塞尔基非常相似，但是脾气更暴躁一点。塞王则是所有人鱼中最漂亮的一种，它们生活在希腊周边的温暖水域，是最接近于传说故事的人鱼。据说它们是世界上最早被记录下来的人鱼。

不论你在哪里遇见人鱼，都会发现它们非常热爱音乐。幸运的游泳者甚至可以听到它们唱歌。三强争霸赛期间，哈利解开金蛋之谜后，听到了一阵"诡异的合唱声"，这比金蛋在水面上打开时发出的可怕尖叫声好听得多。实际上，每当人鱼试图在水面上说话或者歌唱时，只会发出一种刺耳的哀嚎声。但是在水下，人鱼的声音会像蛙声一样。人鱼语是一种很难掌握的语言，能够说人鱼语的巫师寥寥无几，但阿不思·邓布利多是个例外。因为会说人鱼语，邓布利多是仅有的几位获得人鱼尊重的巫师之一。鉴于以上原因，加上无法离水呼吸，人鱼很少在陆地上出现。

亚历山大大帝的姐姐叫塞萨洛尼基。当她心爱的弟弟死后，她就跳入爱琴海，但是她并没有溺水而死，而是变身为一条人鱼。变成人鱼的塞萨洛尼基会靠近经过的船只，并询问船员同一个问题："亚历山大大帝还活着吗？"如果船员回答"他还活着，并且征服了世界"，就可以安然无恙地通过；如果回答错误，塞萨洛尼基就会招来风暴，弄沉船只，溺死所有船员。

这和希腊神话中的塞壬非常像，塞壬也会利用自己的美貌诱惑男性，并把他们杀死。爱尔兰传说中的人鱼生物"麦罗"必须戴上一顶魔法帽子，才能在陆地和海洋中来去自如。在其他传说中，塞尔基只要披上海豹皮，就能变成海豹，脱下海豹皮就能变成人类。据说这些生物经常会出现在宁静的海岸上，在月光下翩翩起舞。

知名人鱼

墨库斯是大湖中的塞尔基群落的首领。在三强争霸赛第二项任务结束后，她把比赛期间发生的事情全都告诉了邓布利多，好让邓布利多和其他裁判对勇士的表现进行打分。

变形蜥蜴 Moke

登场作品
《哈利·波特与死亡圣器》、《神奇动物在哪里》（2001）

体型 微型

类型 非不死族

特征 全身覆满银绿色鳞片

你知道吗？
十七岁生日时，哈利收到了海格送给他的一个变形蜥蜴皮包

变形蜥蜴是一种浑身长着鳞片的小型蜥蜴，出没于英国和爱尔兰地区，可能是目前已知唯一能够随意缩小的动物。成年变形蜥蜴可长至十英寸，但是它们能够把身体缩至非常小。因为有这个能力，变形蜥蜴能够躲过捕食者和麻瓜的眼睛，并存活至今。

变形蜥蜴的皮被剥下来后依然具备缩小功能，所以非常适合制作钱包，当陌生人想要打开这种钱包时，钱包会缩小，但是里面的东西完好无损。正是基于这个原因，长久以来，许多巫师一直想要捕捉这种生物。用变形蜥蜴皮制作的钱包非常稀有，更是保护贵重物品、防范扒手的绝佳选择。魔法部认为这种生物并不会对有能力的巫师造成多大的威胁，前提是你能找到它。

哈利把自己的宝贝都放在变形蜥蜴皮包里，包括他的第一个金色飞贼、活点地图、他的母亲写给小天狼星的信，以及其他不可替代的贵重物品。

月亮青蛙 Moon Frog

详见第201页"月亮青蛙"。

月痴兽 Mooncalf

登场作品
《神奇动物在哪里》（2001）、
《神奇动物在哪里》（2016）、
《神奇动物：格林德沃之罪》

体型 小型

类型 非不死族

特征 长颈，细腿，大眼，脚上有蹼

你知道吗？
纽特·斯卡曼德会用特制的饲料喂养月痴兽

　　月痴兽是一种非常害羞的灰色无毛生物，大小接近一只绵羊。世界各地都有月痴兽的踪迹。这些温顺的动物只会在满月之夜离开自己的巢穴。月痴兽被魔法部归类为无害生物，它们也是神角畜（详见第96页）最喜欢的猎物。月痴兽很可能是草食动物，如果能在天亮之前收集它们银色的粪便，就有了非常好的肥料。到了夜晚，月痴兽会从巢穴中出来，后腿直立，在开阔的田地中跳起奇异而复杂的舞蹈，从而在庄稼地里踩出奇妙的图案。麻瓜们因为不知道这种神奇动物的存在，所以给这些几何图案取名为"麦田怪圈"。他们以为这是UFO的杰作，但实际上这很可能源自月痴兽的求偶仪式。纽特第一次带雅各布·科瓦尔斯基参观他箱子里的神奇生物时，雅各布见到了一群月痴兽并给它们喂食。

　　"Mooncalf"这个词原指在满月之夜出生的畸形牛犊。现在这个词常用来指代奇异古怪的东西，或者作为贬义词，指代不聪明的人。

木乃伊 Mummy

登场作品
《哈利·波特与阿兹卡班的囚徒》

体型 中型

类型 魔族

特征 全身被绷带包裹

你知道吗？
韦斯莱一家在去埃及拜访比尔时遇见了木乃伊

木乃伊是经过特殊处理保存下来的人类或动物尸体。如果尸体处在极度干燥或寒冷的环境下，也有可能形成天然的木乃伊。但是绝大部分已知的木乃伊都是通过一系列漫长而复杂的流程制作而成的，这么做是为了确保他们在死后能够平安迈向来世。这些流程包括抽干体液、移除内脏，然后用绷带把干尸小心翼翼地包裹起来，防止尸体进一步腐烂。

制作木乃伊有着几千年的历史，世界各地都有这种墓葬方式，其中最有名的当数古埃及。古埃及人甚至会把自己喜欢的猫、鸟等动物也做成木乃伊。这些木乃伊主要是给死者当食物，或者作为献给神灵的祭品。

帕瓦蒂·佩蒂尔很害怕木乃伊。在哈利上三年级时，莱姆斯·卢平的第一节黑魔法防御术课上，佩蒂尔的博格特（详见第24页）就是木乃伊。但是在电影版《哈利·波特与阿兹卡班的囚徒》中，帕瓦蒂的博格特是一条巨型眼镜蛇。

莫特拉鼠 Murtlap

登场作品

《哈利·波特与凤凰社》、
《神奇动物在哪里》（2001）、
《神奇动物在哪里》（2016）、
《神奇动物：格林德沃之罪》

体型 微型

类型 非不死族

特征 全身无毛，背上有触手

你知道吗?

根据纽特·斯卡曼德的说法，被莫特拉鼠咬伤会导致屁股喷火

莫特拉鼠是一种小型无毛生物，它们外形像老鼠，背上长有一簇像触手一样的东西。巫师会腌制莫特拉鼠的触手，服用后可减轻普通恶咒和诅咒的伤害。莫特拉鼠汁也有止痛作用。在哈利被多洛雷斯·乌姆里奇关禁闭后，赫敏就用一碗莫特拉鼠汁治疗哈利的伤口。弗雷德和乔治兄弟俩在开发速效逃课糖期间，就使用莫特拉鼠汁治疗发烧糖导致的水泡。但是，服用过多的莫特拉鼠触手会导致明显的副作用，比如会从耳朵里长出紫色的毛发。

莫特拉鼠原产于英国，常见于沿海地区，主要以甲壳类动物为食。莫特拉鼠无法驯养，处理不当时容易激怒它们，因此魔法部给它们中等评级。雅各布·科瓦尔斯基在纽约的公寓时，发现了从纽特·斯卡曼德的箱子里逃出来的莫特拉鼠，并且被它在脖子上狠狠咬了一口。雅各布当场昏迷。

蛲钩 Nargle

详见第201页"蛲钩"。

嗅嗅 Niffler

登场作品
《哈利·波特与火焰杯》、《哈利·波特与凤凰社》、
《神奇动物在哪里》（2001）、
《神奇动物在哪里》（2016）、
《神奇动物：格林德沃之罪》

体型 微型

类型 非不死族

特征 长吻，扁足，有袋

你知道吗？
纽特·斯卡曼德养的嗅嗅不止逃跑了一次，而是三次

嗅嗅原产于英国，是一种像鼹鼠一样毛茸茸的小动物，很喜欢偷东西。嗅嗅擅长囤积宝藏。雄性和雌性嗅嗅腹部都有一个口袋，可以用来储存金币和各种亮晶晶的物品。这个袋子看似很小，实际上容量巨大。纽特的嗅嗅不仅能把一整块金砖放进口袋，还能塞进去一大堆金币。嗅嗅与主人的亲密关系和它们机灵的性格，令它们深受巫师的欢迎。

嗅嗅常出没于矿场周围，它们会在很深的地底筑巢，并喜欢在窝里存放成堆亮晶晶的宝藏。嗅嗅以喜爱闪亮物品而闻名，所以妖精（详见第82页）会利用它们来搜寻被埋藏的宝藏。

嗅嗅一次可产下八只幼崽。根据纽特的研究，嗅嗅都是黑色的，但是在《神奇动物：格林德沃之罪》中，纽特的四只嗅嗅幼崽有着灰色、橙色、黑色和白色相间的皮毛。

因为嗅嗅天性顽皮，爱搞破坏，所以驯养它们非常困难。不建议在宅邸或公寓中饲养嗅嗅，因为它们很难纠正小偷小摸的习惯，一旦它们开始往邻居家里跑，就很容易给你招惹麻烦。和其他生物一样，嗅嗅被惹急了也咬人。但是在有经验的巫师手中，嗅嗅可以成为非常好的伙伴。魔法部给予嗅嗅的评级为中等。

在四年级的保护神奇动物课上，哈利第一次学到关于嗅嗅的知识。鲁伯·海格在课上向学生们展示了嗅嗅独特的能力。他把小矮妖金币（详见第118页）埋在泥土里，让学生们使用嗅嗅去搜寻金币。最终，罗恩的嗅嗅找到的金币最多。作为奖励，海格给了罗恩厚厚一大块蜂蜜公爵巧克力。哈利上五年级时，弗雷德和乔治两兄弟在离开霍格沃茨前送了两只嗅嗅给李·乔丹。为了对付多洛雷斯·乌姆里奇，李·乔丹使用飘浮咒把这两只嗅嗅弄进了乌姆里奇的办公室。这两只嗅嗅也不把自己当外人，很快便把办公室搞得天翻地覆。乌姆里奇最终把责任归咎到海格身上，认为是他放跑了这两只嗅嗅。

嗅嗅的外形很像两种澳洲生物——鸭嘴兽和针鼹。针鼹的腹部也有一个口袋。在苏格兰和爱尔兰，"niffler"的意思是交易或者砍价。

知名嗅嗅

纽特养在箱子里的嗅嗅很喜欢惹事。从箱子里逃出来后，这只嗅嗅潜入了一家银行，打开多个保险箱，并往自己的口袋里塞入了大量的宝物。第二次出逃时，这只嗅嗅闯进了一家珠宝店，所幸纽特和雅各布及时在商店橱窗里发现了它。后来，这只嗅嗅还帮助纽特偷走了格林德沃的血盟吊坠。

矮猪怪 Nogtail

登场作品
《哈利·波特与"混血王子"》、
《神奇动物在哪里》（2001）

体型 小型

类型 非不死族

特征 外形像猪，长腿，粗尾巴，眼睛又黑又细

你知道吗？
考迈克·麦克拉根和他的叔叔提贝卢斯·奥格登、贝蒂·希格斯、鲁弗斯·斯克林杰常去诺福克郡捕猎矮猪怪

矮猪怪是美国、俄罗斯和欧洲其他一些地区农民眼中的祸害，因为它会和小猪仔一起吃母猪的奶，并给农场带来厄运。这种生物只有纯白色的狗才能驱赶。魔法部魔法生物管理控制司害虫咨询处会专门驯养白化猎犬驱赶矮猪怪。

囊毒豹 Nundu

登场作品
《神奇动物在哪里》（2001）、
《神奇动物在哪里》（2016）

体型 大型

类型 非不死族

特征 外形像豹，吼叫时颈部会竖起尖刺

你知道吗？
要杀死一头囊毒豹需要一百名巫师联手

囊毒豹原产于东非，是一种极度危险的巨豹。囊毒豹能够传播疾病，它呼出的气体携带病毒，能凭借一己之力灭掉整座村庄。虽然囊毒豹被列为巫师杀手，但纽特·斯卡曼德还是在自己的箱子里养了一只囊毒豹。囊毒豹全身覆满灰色毛发，受害者的手中经常会紧紧攥着一团这样的毛发。从未有人成功追捕到囊毒豹。

在坦桑尼亚东海岸的麻瓜传说中，有一种名叫"囊毒"或者"敏卦"的猫科动物，生性凶猛，与狮子差不多大小，而且会攻击村民。它不会像狮子一样吼叫，而是发出呼噜呼噜的声音。

默默然 Obscurus

登场作品
《神奇动物在哪里》（2016）、
《神奇动物：格林德沃之罪》

体型 大小不等

类型 魔族

特征 黑烟状的能量球体，移动时会伸出触手

你知道吗？
出版《神奇动物在哪里》的公司就叫默默然图书公司

　　默默然是一种黑魔法力量，当巫师想努力压制自己的魔法能力，而不是学习如何驾驭魔法能力时，就会创造出默默然。有过创伤性经历或者遭遇过虐待的巫师尤其容易创造出默默然。能够创造出默默然的人被称作"默然者"。当默然者感到愤怒或痛苦的时候，他们的魔法就会以默默然的形态呈现出来。默默然不受控制，且破坏性极强。默然者越愤怒，默默然就会越大，有时还会伸出鲜红色的触手，或者浮现出默然者的面孔。默默然可以飞行，能够对身边的任何行动做出反应，并且能够理解人类的语言。默默然还可以杀人，并会在受害者的脸上留下奇怪的网状印记。

　　在巫师遭受迫害的年代，默然者非常普遍，因为很多年轻巫师不敢展露自己的魔法能力。但是到了1926年，巫师社会普遍认为默然者已经消失了好几个世纪。究其原因，可能是对于巫师的歧视已经大大减少。当纽特·斯卡曼德告知美国魔法国会主席瑟拉菲娜·皮奎利发生了默默然袭击事件时，皮奎利直截了当地回答："美国没有默然者。"

　　默然者通常活不过十岁，因为默默然会随着宿主的魔法能力增强而不断增长，最终吸干宿主的能量。但是默然者在默默然状态下是无法被杀死的。即便默默然被炸成碎片，默然者依然能幸存下来。

　　纽特·斯卡曼德曾经试图帮助一个八岁的苏丹女孩移除她体内的默默然，可惜的是，这个孩子没能活下来。纽特把这个默默然保存在一个魔法泡中，并存放在他的箱子里。因此当纽约出现默默然袭击事件时，美国魔法国会认定纽特的默默然就是事件元凶。但是纽特指出，一旦默默然从宿主身上分离出来，就不再具有危害性。

知名默然者

　　克莱登斯·巴瑞波恩是一名巫师，他恶毒的养母是一个坚定的反魔法人士，这导致他身上出现了默默然。20世纪20年代末，他的默默然在纽约大肆搞破坏，杀死了三个人：小亨利·肖、卡斯提蒂·巴瑞波恩和玛丽·卢·巴瑞波恩。最后他吸引了黑巫师盖勒特·格林德沃的注意。格林德沃企图利用他挑起麻瓜和巫师之间的战争。最终格林德沃在巴黎找到了克莱登斯，并说服他加入了反麻瓜事业。

　　阿不思·邓布利多的妹妹**阿利安娜·邓布利多**也很符合对默然者的描述。阿利安娜小时候使用魔法时被一群麻瓜男孩撞见，并因此遭到他们的袭击。从此以后，阿利安娜一直努力压制自己的魔法，结果每次她愤怒痛苦的时候，魔法就会失控。据说她的母亲坎德拉就是在一次可怕的事故中被阿利安娜失控的魔法所杀。后来在阿不思、阿不福思和盖勒特·格林德沃的一次混战中，阿利安娜不幸身亡。

　　"Obscurus"这个词可能源自单词"obscure"，意为"不为人知的、不确定的或者隐秘的"，这恰恰体现出默然者努力掩饰自身魔法能力的处境。

鸟蛇 Occamy

登场作品
《神奇动物在哪里》（2001）、
《神奇动物在哪里》（2016）

体型 随意伸缩 *

类型 非不死族

特征 鸟头，蛇身，双足

你知道吗？
"occamy"这个词用来形容一种类似银的合金

　　鸟蛇是一种变形怪，能够根据周围空间自由改变身体大小，最长可至十五英尺。鸟蛇原产于印度和远东地区，以昆虫、老鼠和小型鸟类为食，偶尔还会吃猴子。它们银色的蛋非常受人追捧，因此很容易被洗劫一空。刚孵出来的鸟蛇幼崽对巢穴的保护欲极强。吉德罗·洛哈特一度考虑把鸟蛇的蛋作为他护发产品的原料，但是最终因为成本过高而被迫放弃。

　　纽特·斯卡曼德在他的箱子里养了好几只鸟蛇。后来有一只鸟蛇逃跑，所幸一只叫杜戈尔的隐形兽（详见第47页）在一家百货商店找到它，并负责照看它。在储藏间里，鸟蛇迅速变大，填满了整个房间，好在纽特及时赶到，把它引诱进了一个茶壶。后来纽特把一箱子鸟蛇蛋壳都送给了雅各布·科瓦尔斯基，让他将这些珍贵的蛋壳作为抵押开了一家烘焙店。

---

* 关于鸟蛇的设定，罗琳的灵感来源是金鱼。有种说法是金鱼能长多大，是由水箱的大小所决定的。在得知这个理论纯属无稽之谈时，她发明了"choranaptyxic"（随意伸缩）这个词来描述这种现象。

守护神
及其已知形态

"Patronus" 这个词源自拉丁语，意为"守护神"或者"守护者"。守护神是一种魔法保护者，可以通过守护神咒进行召唤。守护神咒极难掌握，即便是天赋异禀的巫师也不一定能精通。但在卢平教授的耐心教导下，13岁的哈利在三年级时就学会了守护神咒，使他成为创造出实体守护神的最年轻巫师之一。哈利这项惊人的才能不仅给普通巫师等级考试的考官留下深刻印象，还帮助他的同学加入地下学习组织——邓布利多军。

守护神咒可以用来对抗各种黑魔法生物，比如摄魂怪（详见第43页）和伏地蝠（详见第119页），还可以作为一种可靠的通信方式。阿不思·邓布利多发现，守护神可以为施咒者传递信息。

要想召唤守护神，你必须诵读咒语"呼神护卫"（Expecto Patronum），同时把注意力集中在快乐的回忆上。施咒者选择的回忆情感越强烈越好，最好是一生中最意义非凡的时刻，由此可以产生希望、幸福和对活下去的渴望等积极情绪，这些都是强力的魔法。作为一种情绪投射的守护神不会感到绝望，所以对黑暗力量有免疫效果。

如果施咒成功，就可以创造出实体守护神，也就是有明确形体的守护神。实体守护神是一种银白色的幽灵状动物，能够像一个移动护盾一样驱散黑魔法生物。完全形态的守护神甚至能听从施咒者的指挥进行攻击。

守护神形态各异，但通常是以某种动物或者魔法生物的形态出现。守护神一旦成型，在巫师的一生中都会保持同样的形态。但是在某些特殊情况下，守护神的形态可能会因为重大事件的影响或者是巫师人格的转变发生永久性改变。若巫师经历了某些重大事件或者是改变人生的事情，比如恋爱或者至亲去世，守护神就会发生变化。比如，尼法朵拉·唐克斯爱上莱姆斯·卢平之后，守护神就发生了变化，西弗勒斯·斯内普的守护神也反映出他对莉莉·波特的爱。

在学习守护神咒时，初学者可能会不小心创造出无实体的守护神。无实体守护神通常是一缕银色的薄烟，虽然非常惊人，但是并没有明确的形态，也不像实体守护神那样强大。虽然无实体守护神不能用来传信，但是依然能对抗黑魔法生物，只不过持续时间比较短暂。许多有能力的成年巫师（包括从来没有正式毕业的海格）都无法召唤出实体守护神。

在守护神首次以实体出现之前，你无法预知一个人的守护神会是什么形态，但是守护神的形态通常代表一个人内心最深处的秘密。这就意味着守护神不仅是一种便捷有效的自卫手段，也是其主人的个人标志。如果一名巫师是阿尼马格斯，那么他的守护神形态通常会和阿尼马格斯形态保持一致。以下是哈利·波特在霍格沃茨就读期间见过的实体守护神。

熊

厄尼·麦克米兰是和哈利同年级的赫奇帕奇学子，他的守护神是一头熊。在霍格沃茨之战期间，厄尼召唤出他的守护神，把哈利、罗恩和赫敏从摄魂怪手中救了出来。

猫

米勒娃·麦格技艺超群，在霍格沃茨之战爆发之前，哈利亲眼看到她同时召唤出三只猫形态的守护神。她派遣这些守护神向其他学院的院长传信，提醒他们伏地魔马上就要攻进来了。

可能是出于对猫的喜爱，多洛雷斯·乌姆里奇的守护神也是一只猫。

牝鹿

莉莉·波特的守护神是一只牝鹿，推测是为和她丈夫詹姆·波特相匹配，因为詹姆的守护神及阿尼马格斯形态都是一只牡鹿。西弗勒斯·斯内普从小便爱上莉莉·波特，他的心里从始至终都只有莉莉一个人，所以斯内普的守护神也是一只牝鹿。在哈利搜寻魂器的过程中，斯内普用他的守护神帮助哈利找到了戈德里克·格兰芬多的剑。

狐狸

西莫·斐尼甘是格兰芬多学子兼邓布利多军成员，他的守护神是一只狐狸。

山羊

阿不福思·邓布利多是猪头酒吧的老板，也是阿不思·邓布利多的弟弟，他曾用自己的守护神欺骗食死徒，让他们相信自己看到的是一只山羊，而不是哈利·波特的守护神——牡鹿。阿不福思的守护神之所以是山羊，是因为从小他们家就养山羊，而且他也非常喜欢山羊。

野兔

在邓布利多军集会期间，卢娜·洛夫古德在哈利的指导下首次召唤出了守护神——一只野兔。在霍格沃茨之战期间，当哈利被摄魂怪围攻时，卢娜和她的守护神第一时间前来营救。

长腿大野兔

尼法朵拉·唐克斯是一名易容马格斯兼傲罗。许多年来，她的守护神一直是一只敏捷机灵的长腿大野兔。

猞猁

金斯莱·沙克尔是凤凰社成员，他的守护神是一只猞猁。他曾召唤自己的守护神前往比尔·韦斯莱和芙蓉·德拉库尔的婚礼，告知大家魔法部已经垮台，食死徒已经控制了魔法部。

老鼠

根据一则巫师传说，有史以来最强大的守护神中就有一只老鼠。召唤出这只老鼠的是一个名叫伊莱亚斯的人，他是一名非常腼腆的巫师。曾经有一名黑巫师派出一群摄魂怪袭击伊莱亚斯的村子，伊莱亚斯利用他的守护神保护了整个村庄。

水獭

和许多同学一样，赫敏是在邓布利多军集会上首次召唤出她的守护神。赫敏的守护神是一只水獭，这是一种既聪明又顽皮的动物。巧的是，赫敏未来的丈夫罗恩的老家叫奥特里圣卡奇波尔（Ottery St. Catchpole），而水獭的英文就是"Otter"。

凤凰

阿不思·邓布利多的守护神是一只凤凰，这个形态可能是源自他最喜欢的宠物凤凰福克斯。在哈利·波特上四年级时，邓布利多召唤出守护神给海格传信。

牡鹿

哈利的守护神是一只牡鹿，他父亲的守护神和阿尼马格斯形态也都是牡鹿。当哈利在大湖上遭到摄魂怪袭击时，他第一次见证了自己守护神的威力。

天鹅

在邓布利多军集会上，哈利告诉秋·张如何召唤守护神之后，聪明的秋·张很快便召唤出了一只天鹅守护神。天鹅被视作美丽而优雅的鸟类，这一点和秋·张非常相像。

猎犬

罗恩·韦斯莱的守护神是一只杰克拉塞尔猎犬。这种小型犬以勇敢和固执而闻名，使之成为最适合这位格兰芬多学子的守护神。

黄鼠狼

亚瑟·韦斯莱的守护神是一只黄鼠狼（weasel），很可能是致敬他的姓氏"韦斯莱"（weasley）。在比尔和芙蓉的婚礼遭到袭击后，亚瑟召唤出他的守护神，去通知正在格里莫广场12号的哈利、罗恩和赫敏。

狼

作为一名狼人，卢平的守护神也是一只狼。卢平对每月一次的变形感到非常羞耻，他经常会模糊自己的守护神，以掩盖它的真实形状。

尼法朵拉·唐克斯爱上卢平后，唐克斯的守护神从野兔变成了狼。

食人妖 Ogre

登场作品
《哈利·波特与阿兹卡班的囚徒》

体型 大型（推测）

类型 非不死族

特征 身形巨大，外形似人（推测）

你知道吗?
独眼巨人也被视作一种食人妖

食人妖是童话文学中的常客，这种生物和巨人有许多相似之处。虽然没有确切的目击记录，但是在三年级时，罗恩和赫敏怀疑自己可能在霍格莫德村的三把扫帚酒吧看到一个食人妖。

世界各地的神话传说中都存在食人妖的形象。这些生物可能是源自伊特鲁里亚神明奥库斯（Orcus），这是一个以吃人而闻名的神。其他理论认为"ogre"这个词来自"Og"，也就是《圣经》中最后的巨人。

法国童话作家夏尔·佩罗在自己的作品中频繁使用"食人妖"一词，推动了这个词的普及。《睡美人》《穿靴子的猫》和《小拇指》等儿童故事中都出现了食人妖的形象。在这些作品中，食人妖偶尔具备变形能力，或者是宝藏与力量的守护者。它们喜欢吃小孩这一设定，暗示着这些角色可能是用来吓唬不听话的小孩的。

鬼 Oni

登场作品
《神奇动物：格林德沃之罪》

体型 大型（推测）

类型 非不死族（推测）

特征 大型人形生物，嘴巴和鼻子里长有角

你知道吗？
在日本童话故事《桃太郎》中，鬼就是反派之一

在神秘马戏团里，有一张法语海报上画着一只浑身覆满红色文身的鬼，海报宣传它是"神奇的日本恶魔"。

实际上，日本民间传说认为鬼是某种食人妖。鬼经常被描绘成红色、蓝色或绿色皮肤，嘴巴和鼻子里长有角。这些外形可怕的生物经常穿着虎皮，挥舞着大棒。在有些版本中，鬼还有第三只眼睛或者多于常人的手指和脚趾。

"鬼"这个词原本指代任何幽灵或超自然生物，后来主要指在地狱中负责折磨人的恶灵。而且，据说最残忍扭曲的人在死之前就会变成鬼，并且永远在人间折磨人类。后面这个版本的鬼经常出现在日本童话故事中。在日本的传统节日"节分"那天，会有一名家庭成员戴着鬼的面具，其他人用炒好的黄豆扔"鬼"。人们通过这种方式来"驱鬼"。

猫头鹰 Owl

体型 小型

类型 非不死族

特征 大眼睛，面部扁平，站姿笔直

你知道吗？

巫师世界的猫头鹰似乎都能识字。在寄信时，它们能够根据信封上的名字和地址找到收件人

　　猫头鹰是一种夜行猛禽，它们有着大大的脑袋和又长又锋利的爪子，擅于捕食小型哺乳动物、其他鸟类和昆虫。它们的羽毛很适合悄悄飞行，并为它们提供了天然伪装。羽毛的伪装性这点非常实用，因为猫头鹰既要送信，又要避开麻瓜的视线。

　　全球有多达200种猫头鹰，它们大小、颜色不一，除了两极地区和偏远海岛外，世界各地都能找到猫头鹰的踪迹。奇怪的是，不同于绝大部分鸟类，猫头鹰并不会筑巢，而是在树洞、谷仓或者被废弃的巢穴里做窝。猫头鹰的头部可以旋转270度，有助于它们捕食猎物和发现天敌。猫头鹰是远视动物，它们看不清距离眼睛数英寸的物体。但这种缺陷对它们的影响微乎其微，因为它们主要依赖超强的远距视力在昏暗环境及夜间行动。

　　在西方文化中，猫头鹰通常代表智慧，所以在艺术作品、商品、纪念品中都能看到它们的身影。猫头鹰的这种地位最早可以追溯至古希腊，智慧女神雅典娜的标志就是一只猫头鹰。也有许多文化把猫头鹰视作厄运甚至死亡的征兆，在民间传说中，听到猫头鹰的叫声预示着死期将至。

巫师世界中的猫头鹰扮演着邮递员的角色，它们也是许多巫师钟爱的宠物。猫头鹰的魔法能力有限，但是每只猫头鹰都有自己独特的性格，并且能展示出丰富的情绪。猫头鹰聪明、果断、机敏，并且以送信为荣。因为猫头鹰能够听懂指令，所以它们能够找到任何目的地。有时候，猫头鹰不需要具体的收件地址也能找到收信人。当哈利让海德薇把信送给小天狼星时，即便小天狼星藏匿在秘密地点，海德薇依然能够找到他。

猫头鹰这些神奇的能力意味着它们价格不菲，所以很多家庭会把猫头鹰传给下一代，以便节省开支。韦斯莱一家的祖传猫头鹰埃罗尔就是这种情况。埃罗尔已经非常老了，经常会在长途送信的过程中瘫倒。而马尔福家则养了一只雕鸮负责送信，这也是他们家财富的象征。

除了寄送私人信件外，猫头鹰还有其他用途。魔法部起初使用猫头鹰在部门之间传送资料，但是因为走廊和办公室里到处是鸟屎，最终他们只能改为使用魔法纸飞机。霍格莫德村的邮局里也养了一大批猫头鹰，它们有各自负责的任务。比如角鸮——世界上最小的猫头鹰之一——只负责本地信件，因为它们无法像大型猫头鹰那样承担长途任务。猫头鹰还会负责寄送《预言家日报》和《唱唱反调》这种报刊，甚至还能向收件人收款。当海格收到《预言家日报》时，猫头鹰立刻会去他的大衣口袋里翻找零钱。

虽然猫头鹰寄送服务非常神奇，但绝非安全之选。有些巫师会对猫头鹰进行拦截，所以寄信者一定不要在信件中透露重要信息。哈利经常用暗号的形式给小天狼星写信，有时还会使用学校的棕色猫头鹰寄信，因为浑身雪白的海德薇实在太显眼了。

知名猫头鹰

埃罗尔是韦斯莱家的老猫头鹰。对于年事已高的埃罗尔来说，长距离送信令它不堪重负。它经常会因为过度劳累而晕厥，有时只能靠其他猫头鹰把它背到目的地。韦斯莱夫人让埃罗尔给哈利送了一些蛋糕和派后，可怜的埃罗尔花了整整五天时间才恢复精力飞回去。虽然身体衰弱，但是每次寄信时，它都会竭尽全力。

哈利11岁那年收到了一只雪白的猫头鹰——**海德薇**。这只猫头鹰是哈利·波特第一次去对角巷时海格买给他的。海德薇这个名字是哈利从《魔法史》中看到的。海德薇很快便成为哈利最亲密的伙伴之一，她个性十足，而且时有情绪波动（比如每次她不开心的时候就会毫不留情地啄哈利的手），但是她对哈利十分忠诚，并且陪伴哈利度过了在女贞路的那些痛苦的暑假。可惜的是，在七个波特之战期间，海德薇被原本瞄准哈利的杀戮咒击中，不幸身亡。

赫梅斯是珀西·韦斯莱的鸣角鸮。珀西在霍格沃茨上五年级的时候当上了级长，他的父母送给他这只猫头鹰作为礼物。

朱薇琼是一只灰色的小猫头鹰。在罗恩三年级快结束时，这只小小的猫头鹰替小天狼星送来一封信给哈利，信中说罗恩可以收下这只猫头鹰，代替斑斑（也就是阿尼马格斯形态的小矮星彼得）当他的宠物。金妮·韦斯莱给这只猫头鹰取名叫"朱薇琼"，但罗恩不太喜欢这个名字，所以称它为"小猪"。小猪就像一只活蹦乱跳的小绒球，经常叽叽喳喳地吵罗恩。海德薇看不惯小猪这种闹腾的性格，因为她觉得小猪不是一只合格的猫头鹰邮差。罗恩虽然没有表现出来，但实际上他非常喜欢这只活力四射的小伙伴。

凤凰 Phoenix

登场作品

《哈利·波特与密室》、《哈利·波特与火焰杯》、
《哈利·波特与凤凰社》、《哈利·波特与"混血王子"》、
《哈利·波特与死亡圣器》、
《神奇动物在哪里》（2001）、
《神奇动物在哪里》（2016）、
《神奇动物：格林德沃之罪》

体型 小型

类型 不死族

特征 通常是猩红色的，长着金色的喙、爪子和长长的尾巴

你知道吗？

邓布利多书桌上的猩红色羽毛笔可能是用福克斯的羽毛做的

　　凤凰是一种大型鸟类，全身金红色，寿命可达数百年。通过在火中涅槃重生，它们可以经历许多次生命循环。凤凰能够携带重物，能够幻影显形，甚至能够载人类飞行。它们奇妙的歌声能够让好人勇气备增，让坏人闻风丧胆。凤凰的尾羽经常被用作魔杖杖芯，它们的眼泪能够疗伤（还能够解蛇怪的毒，这是仅有的解药）。

　　凤凰生活在印度、中国、埃及和新西兰（推测）的山区，它们只吃植物，从不杀生。虽然天性善良，但是魔法部给它们的评级为××××，主要是因为它们极难驯养。一旦有巫师能驯服凤凰，凤凰就会成为他们最忠实的宠物。新西兰的莫托拉金刚鹦鹉队就驯服了一只名叫火花的凤凰，并把它作为球队的吉祥物。

　　在巫师世界中，有一句俗话叫"先有凤凰还是先有火焰"，类似麻瓜世界的"先有鸡还是先有蛋"。拉文克劳公共休息室入口处的鹰曾经问过卢娜·洛夫古德这个问题，卢娜给出了非常聪明的回答："圆圈没有起点。"

　　1926年，纽特·斯卡曼德来到盲猪酒吧时听到一首歌中唱道："凤凰落下硕大的珍珠泪／当恶龙夺走了他心爱的女孩。"1927年，尼可·勒梅有一本贴满了会动照片的书，他用这本书和伊尔弗莫尼魔法学校的尤拉莉·希克斯进行沟通。这本魔法书的封面上就有一只凤凰。

在麻瓜神话中，凤凰有着一身艳丽的羽毛，而且头顶有一圈代表太阳的光环。在生命的终点，它们会用没药树枝搭建自己的火葬柴堆，然后涅槃重生，很快一只雏鸟便会从灰烬中诞生。雏鸟会把灰烬做成一个没药蛋，这是来自太阳神的礼物。虽然"凤凰"（phoenix）这个词来自希腊神话，但是凤凰很可能是源自埃及神话中的贝努鸟，这种鸟是太阳与重生的象征。其他文化中也存在各种凤凰的形象，波斯、美洲、日本、中国和俄罗斯神话中都有凤凰。

凤凰通常被用作炼金术的标志，可能是因为凤凰总是让人联想到永生。在炼金术中，不同的鸟类可以代表炼金过程中的不同状态，因为鸟可以在人间与天堂飞行，穿梭在实体世界和灵魂世界之间。凤凰代表炼金术的最终阶段：铅可以变成金子，灵魂可以实现完美。魔法石有时也被称作"凤凰"。

在《伊利亚特》中，一个名叫福尼克斯（Phoenix）的角色既是主角阿喀琉斯的导师，也像他的父亲。在许多艺术作品中，这个角色都是以白发白须的形象出现。邓布利多在很多方面都和福尼克斯这个角色有着相似之处，这可能不只是巧合。

知名凤凰

福克斯是阿不思·邓布利多饲养的一只凤凰。根据传说，每当邓布利多家族有需要的时候，就会有一只凤凰出现。鉴于这种生物永生不死，阿不思·邓布利多的曾曾祖父拥有的那只凤凰可能也是福克斯。也许是因为邓布利多与福克斯的亲密关系，邓布利多的守护神也是一只凤凰。他还给自己的秘密防御组织取名叫"凤凰社"。

哈利读二年级的时候，虽然邓布利多不在学校，但福克斯感知到了哈利对校长的一片忠心，于是它直接飞入密室，为哈利送去分院帽，并啄瞎了蛇怪（详见第17页）的眼睛，让蛇怪无法使用死亡凝视，然后用它的眼泪为哈利解毒。凭借凤凰强大的负重能力，福克斯带着哈利、罗恩、金妮和吉德罗·洛哈特一起逃出了密室。

著名魔杖制作人加里克·奥利凡德曾使用福克斯的两根尾羽打造出了两根与众不同的魔杖：一根紫杉木魔杖（13.5英寸）选择了汤姆·里德尔，一根冬青木魔杖（11英寸）选择了哈利·波特。因为两根魔杖的杖芯相同，所以它们存在某种联系。当哈利和伏地魔在墓地展开决斗时，就触发了闪回咒。两人的魔杖相连，迫使伏地魔的魔杖重现之前施展过的咒语，而且空中回响起凤凰的歌声，这令哈利勇气备增，也让伏地魔惊恐不已。后来，哈利重返霍格沃茨，福克斯用它的眼泪治好了哈利被八眼巨蛛弄伤的腿。

哈利读五年级时，邓布利多非常依赖福克斯的能力。福克斯担任信使，给邓布利多送去一根羽毛警告他多洛雷斯·乌姆里奇即将到来，还给凤凰社的成员送了一封信。后来，当康奈利·福吉想要逮捕邓布利多时，邓布利多一把抓住福克斯的尾巴，利用它幻影显形至安全地带。当邓布利多在魔法部和伏地魔展开决斗时，福克斯替邓布利多挡下一道杀戮咒，但很快重生。邓布利多去世后不久，福克斯飞到霍格沃茨的上空唱完最后一首歌，然后永远地离开了霍格沃茨。后来在校长的葬礼上，当白色的火焰包裹住邓布利多的尸体时，哈利看到一只凤凰从火中升起。

福克斯有可能是克莱登斯·巴瑞波恩照料的那只雏鸟。在格林德沃告知克莱登斯他的真名其实叫奥睿利乌斯·邓布利多之前，那只雏鸟变成了凤凰。格林德沃向他讲述了邓布利多家族的凤凰传说，并声称这是克莱登斯"与生俱来的权利"。

小精灵 Pixie

登场作品
《哈利·波特与密室》、
《哈利·波特与阿兹卡班的囚徒》、
《哈利·波特与凤凰社》、《神奇动物在哪里》（2001）

体型 微型

类型 非不死族

特征 亮蓝色，微小人形生物，没有翅膀

你知道吗？
不知道是罗恩还是哈利在《神奇动物在哪里》课本中写道：如果你是洛哈特，那么小精灵（×××）的评级应该是 ×××××××

小精灵原产于英格兰康沃尔郡，是一种小型人形生物，虽然没有翅膀，但是能飞行，而且它们很喜欢捉弄巫师。小精灵的力气奇大，它们经常会揪住人类的耳朵把他们挂到树上、建筑上或者吊灯上（比如纳威·隆巴顿）。不同于仙子（详见第61页），小精灵是胎生而不是卵生。它们会通过外人无法理解的尖叫声进行交流。

在给二年级学生上第一堂黑魔法防御实践课时，吉德罗·洛哈特在教室里释放了一群小精灵。这些小精灵立刻把课堂闹得天翻地覆。吉德罗念出了一句古怪的咒语"佩斯奇皮克西 佩斯特诺米"，但是咒语完全无效。吉德罗见状逃跑，最后是靠哈利、罗恩和赫敏的冰冻咒才制服了这些小精灵。

巫师世界里有句俗语叫"一群小精灵里冒出了一只猫"（The cat's among the pixies now），可能和英语俗语"一群鸽子里冒出了一只猫"（The cat's among the pigeons）是一个意思，表示某人的行为惹恼或者触怒了一群人。

生活在英格兰西南部的麻瓜，尤其是德文郡和康沃尔郡的麻瓜，认为小精灵是喜欢恶作剧的小人儿。据说小精灵的性格像小孩，它们喜欢误导旅人，还喜欢在月光下跳舞。

魔药中
的生物原料

长久以来，魔药一直是民间传说、奇幻故事甚至是医药历史中的常客。乍一看，魔药的原料尽是些稀奇古怪的东西，比如莎士比亚的《麦克白》中就提到女巫使用"蟾蜍之目""青蛙之趾"熬制魔药。通常来说，这些看似奇怪的原料只是一些普通药材的别名，比如"蟾蜍之目"其实是芥菜籽，"青蛙之趾"其实是毛茛。但是麻瓜并不知道，许多魔药的原料其实是取自魔法生物或者普通生物。以下是哈利·波特系列中和生物相关的魔药原料。

八眼巨蛛

八眼巨蛛的毒液很难从活体身上获取，而八眼巨蛛死后，毒液又会迅速干涸，所以这种毒液是最稀有也最珍贵的一种魔药原料。霍拉斯·斯拉格霍恩悄悄从阿拉戈克的尸体上收集了一些毒液，并声称一品脱毒液可能价值100加隆。（详见第11页）

狨猺

狨猺胆汁会给增智剂加入一种刺鼻的气味。为了偷听斯内普和伊戈尔·卡卡洛夫的对话，哈利故意打翻一瓶狨猺胆汁作为借口。

火灰蛇

火灰蛇蛋可以用冰冻咒保存下来，既能治疗疟疾，还能用于制作迷情剂。火灰蛇蛋非常危险，一旦有火灰蛇走失，你的房子很可能会被烧成灰烬。（详见第13页）

蝙蝠

蝙蝠的脾脏是肿胀药水的理想原料。蝙蝠毛（wool of bat）是麻瓜文学作品中常见的魔药原料，但实际上它指的是冬青树叶。（详见第22页）

甲虫

甲虫眼睛一勺只要5纳特，哈利·波特第一次去对角巷时，看到最便宜的原料就是甲虫眼睛。碾碎的圣甲虫还可用于制作增智剂。

粪石

粪石本身不是一种生物，而是从山羊的胃里取出的一种石头，具有解毒功效。哈利在第一堂魔药课上就学到了这一知识，后来在"混血王子"的《高级魔药制作》课本上又看到一次。所以当罗恩在六年级喝蜂蜜酒中毒时，哈利立刻想到用粪石为他解毒。粪石曾经是麻瓜民间医生的常用药。

双角兽

双角兽的角是一种极其稀有的原料，所以当赫敏想要熬制复方汤剂时，只能去斯内普的办公室偷取。

比利威格虫

被比利威格虫蜇过的人或者动物会飘浮起来。比利威格虫的螫针风干后，可以制作滋滋蜜蜂糖及各种魔药，比如清醒剂。（详见第19页）

非洲树蛇

非洲树蛇皮是赫敏从斯内普的办公室偷来用于制作复方汤剂的原料之一。两年后，小巴蒂·克劳奇效仿赫敏的做法，在斯内普的眼皮子底下顺走了一些复方汤剂的原料。

斑地芒

斑地芒的有毒分泌物可用于制作狐媚子灭剂，稀释后还可以作为魔法清洁产品。（详见第29页）

毛虫

毛虫是一种非常常见的原料，也是制作缩身药水的必备原料。

毛螃蟹

毛螃蟹以残留的药剂为食。它们的长牙很适合制作振奋药。（详见第38页）

蟑螂

虽然尚不清楚哪种药剂的原料是蟑螂，但是斯内普的办公室里确实放了一罐蟑螂。

鳄鱼

哈利和他的同学们在三年级时见到了一种奇异的原料——鳄鱼的心脏。在上课的时候，罗恩冲马尔福扔了一颗鳄鱼心脏，导致格兰芬多被扣50分。

狐媚子

人类吃下狐媚子的卵会导致轻微中毒。考迈克·麦克拉根对此深有体会，因为他曾和别人打赌吃下了一磅狐媚子卵。（详见第49页）

火龙

火龙从头到脚都是宝。火龙的血目前已有十二种已知用途。罗马尼亚长角龙的角非常稀有。龙爪粉能够提升智力。龙的心脏、肝脏和皮肤都可用于制作高档商品。（详见第50页）

鳗鱼

在对角巷可以买到鳗鱼眼珠。圣芒戈魔法医院有一张中世纪巫师的画像，根据画中内容所示，裸身站在一桶鳗鱼眼珠中可以治疗散花痘。

毒角兽

毒角兽的角、尾巴和爆炸性液体都是 B 类可贸易物品，推测这些都是危险药品的原料，并且受到严格管控。（详见第 60 页）

仙子

仙子的翅膀，不论透明还是有颜色，都可以制作美丽药剂。（详见第 61 页）

弗洛伯毛虫

弗洛伯毛虫的黏液可以用来给魔药增稠。哈利被罚关禁闭的时候，必须徒手从腐烂的弗洛伯毛虫中挑出新鲜的弗洛伯毛虫。（详见第 66 页）

青蛙

虽然尚不清楚青蛙在魔药制作中的具体用途，但是霍格沃茨的学生经常会用到青蛙。1992 年的一次课堂事故，导致天花板上沾满了青蛙脑。

角驼兽

角驼兽的金角是非常昂贵的原料，但通常要磨成粉末才能使用。（详见第 86 页）

霍克拉普

霍克拉普的分泌物可用于制作魔药，比如除草剂。（详见第 97 页）

长角蟾蜍

魔药课上会用到长角蟾蜍的器官。纳威被罚关禁闭时，就必须取出长角蟾蜍的内脏。

绝音鸟

绝音鸟的羽毛可用于制作回忆剂和吐真剂。（详见第 111 页）

草蛉虫

草蛉虫的翅膀可用于制作复方汤剂，而且在药剂熬制的不同阶段都要加入这种原料。

水蛭

水蛭和它们恶心的黏液是许多混合药剂的原料，尤其是复方汤剂和缩身药水。

蘘鮋

推测蘘鮋的脊椎骨是魔药课上的常用原料，因为学生的标准原料箱中就有蘘鮋的脊椎骨。

洛巴虫

洛巴虫的毒液效果强劲，甚至可以致命，是一种用于药剂制作的管控品。人鱼也深知这一点，长久以来他们一直用洛巴虫作为一种武器。（详见第 122、126 页）

蝾螈

蝾螈是女巫的常备药材，推测许多魔药中都有这一原料。哈利在为三强争霸赛的第二项任务做准备时，就在一张原料清单上看到了蝾螈。

乌蛇

银色的乌蛇蛋富有光泽，既美丽又实用。（详见第 137 页）

豪猪

豪猪的刺可用于制作治疗疖疮的药水。在第一堂魔药课上，纳威在熬制这种药水时过早放入了豪猪刺，导致熬制失败。

河豚

河豚的眼睛可用于制作肿胀药水。马尔福曾经在课上朝罗恩和哈利扔河豚眼睛。

老鼠

老鼠身上的多个部位可以制作成魔药，它们的尾巴可以制作竖发剂，脾脏可以制作缩身药水，它们的脑子也是很常用的原料。（详见第 23 页）

如尼纹蛇

如尼纹蛇蛋是制作增强脑力的药剂的必备材料。（详见第 165 页）

火蜥蜴

火蜥蜴的血是一种高级的治疗药剂，而且具有复原功效。（详见第 166 页）

希拉克鱼

希拉克鱼鳍刺可用于制作治疗疥疮的药水。（详见第 171 页）

鼻涕虫

蒸煮过的长角鼻涕虫可用于制作治疗疥疮的药水。马尔福在第一堂魔药课上就已经精通了这项技术。

蛇

蛇牙可用于制作治疗疥疮的药水，而蛇毒则出现在了伏地魔的一些药剂中。蛇皮——比如非洲树蛇皮——也是一种非常实用的原料。（详见第 153 页）

蜘蛛

没有魔法的普通蜘蛛是霍格沃茨学生常用的基本药剂原料，经验不足的年轻巫师在制作较为简单的混合药剂时经常会用到这种材料。（详见第 23 页）

多毛虫

多毛虫是霍格沃茨魔药课上的常见原料。斯内普曾经强迫哈利留堂把桌上的多毛虫全都擦干净。

独角兽

独角兽的角和尾毛都是非常珍贵的魔药配料。虽然独角兽的血有起死回生的奇效，但是为了获得独角兽的血而残杀独角兽会招致诅咒，因此将独角兽的血作为魔药配料使用非常罕见。（详见第 189 页）

彩球鱼 *Plimpy*

登场作品
《哈利·波特与死亡圣器》、《神奇动物在哪里》（2001）

体型 微型

类型 非不死族

特征 身体滚圆，身上有斑点，长有两条长腿，脚上有蹼

你知道吗？
谢诺菲留斯·洛夫古德为了隐瞒卢娜·洛夫古德被绑架一事，谎称她去钓彩球鱼了

彩球鱼是一种淡水鱼，常在水底觅食。它们以水蜗牛为食，并且会啃咬人类的脚趾。虽然从评级来看，这种生物不具危险性。但是对于人鱼（详见第125页）来说，彩球鱼却是个大麻烦，因为它们把彩球鱼视作一种害虫。要摆脱彩球鱼，只需把它的两条腿绑在一起，它就会顺水漂走。洛夫古德家族会在自家附近钓彩球鱼，并用它们来熬汤。谢诺菲留斯声称这种吃法很受欢迎。

大头毛怪 *Pogrebin*

登场作品
《神奇动物在哪里》（2001）

体型 小型

类型 非不死族

特征 约一英尺高，身体多毛，头大，秃顶，蜷缩起来的时候很像一块石头

你知道吗？
虽然这种生物非常邪恶，但是只要保持警惕，巫师可以轻松应对它们

大头毛怪常见于俄罗斯，它们会不依不饶地尾随人类，把他们逼至绝望。当被尾随的人再也受不了并跪倒在地时，它们就会发起攻击。幸运的是，这些生物可以用昏迷咒或者以脚踢的方式赶走。"Pogrebin"这个名字可能源自俄语"pogrebat"，也就是"埋葬"的意思。但是Pogrebin也可以用作人名。

恶作剧精灵 Poltergeist

登场作品
《哈利·波特与魔法石》、《哈利·波特与密室》、
《哈利·波特与阿兹卡班的囚徒》、
《哈利·波特与火焰杯》、《哈利·波特与凤凰社》、
《哈利·波特与"混血王子"》、《哈利·波特与死亡圣器》

体型 小型

类型 魔族

特征 通常隐形，显露真身时通常是五颜六色的小人儿形象

你知道吗？
"Poltergeist"是德语，意思是"吵闹鬼"

　　恶作剧精灵经常被误认为幽灵，但是它们和幽灵截然不同，因为它们诞生自一种强烈的情绪（通常是因为有青少年存在），而不是人死后所变。强大的恶作剧精灵会有实体，这使得它们能够和周边环境互动。恶作剧精灵尤其喜欢摔门、打翻瓶罐，因为它们的人生乐趣就是捣乱。

　　麻瓜很早就知道恶作剧精灵，但是他们一直都怀疑这些只不过是小孩子的恶作剧。

知名恶作剧精灵

　　霍格沃茨的**皮皮鬼**是巫师历史上最有名的麻烦人物，它的存在是因为霍格沃茨有大量的青少年。皮皮鬼会不惜一切代价制造混乱，但有时它的恶作剧也有好处，比如他会捉弄专制独裁的女校长多洛雷斯·乌姆里奇，或是对抗食死徒。皮皮鬼和历届霍格沃茨管理员都是死对头，不管是谁费尽心思想把皮皮鬼驱逐出校园，最终都会以失败告终。但是对于包括邓布利多在内的大部分霍格沃茨教授，皮皮鬼都表现得比较收敛。皮皮鬼尤其惧怕血人巴罗。

庞洛克 Porlock

登场作品
《哈利·波特与凤凰社》、《神奇动物在哪里》（2001）

体型 小型

类型 非不死族

特征 身材矮小，浑身长毛，偶蹄类，手臂很长，只有四根手指

你知道吗？
庞洛克出没于英格兰多赛特郡，是一种浑身长毛的偶蹄类生物，负责看守和保护马匹。它们经常睡在马厩旁边，是一种不信任人类，但胆小无害的生物

O.W.L.课程中就提到庞洛克。在海格离开霍格沃茨期间，格拉普兰教授成了代课老师。她告诉多洛雷斯·乌姆里奇，她计划在课上讲授庞洛克。

蒲绒绒 Puffskein

登场作品
《哈利·波特与阿兹卡班的囚徒》、
《哈利·波特与凤凰社》、《哈利·波特与“混血王子”》、
《神奇动物在哪里》（2001）、
《神奇动物在哪里》（2016）

体型 微型

类型 非不死族

特征 圆滚滚，毛茸茸，奶黄色，舌头又长又细

你知道吗？
一群蒲绒绒被称作“一扑”

蒲绒绒很喜欢搂抱，开心的时候会哼歌，喜欢吃昆虫、面包屑，但它们最喜欢吃的是人类的鼻屎。哈利在拜访神奇动物商店的时候第一次见到蒲绒绒。罗恩小时候也养过一只蒲绒绒，不幸的是，后来这只蒲绒绒被弗雷德拿去当游走球练习。弗雷德和乔治培育出了一种五颜六色的微型蒲绒绒，并取名为侏儒蒲。金妮最好的伙伴就是一只名叫阿诺德的侏儒蒲。在美国的时候，纽特·斯卡曼德表示想要买一只阿帕鲁萨蒲绒绒。

普克奇 Pukwudgie

出处
哈利·波特官方网站

体型 小型

类型 非不死族

特征 人形生物，大耳朵，灰色皮肤

你知道吗?
普克奇有时候被描绘成背上长有豪猪一样的刺

普克奇和妖精（详见第82页）有亲缘关系，而且和妖精一样，普克奇不喜欢和人类打交道，也对人类极不信任。普克奇是一种危险、神秘又喜欢恶作剧的生物，它们具备强大的魔法能力，并且经常随身携带毒箭用于捕猎、自卫或者恶作剧。虽然它们喜欢避开人类，拒绝伸出援手，但是它们很可能有一套自己的道德准则，因为事实证明普克奇是一种知恩图报的生物。在伊索特·塞耶抵达新世界不久，她救下了一只普克奇，并给它取名威廉。为了报恩，威廉一直在帮助伊索特。伊尔弗莫尼魔法学校的普克奇学院也由此得名。普克奇学院代表巫师的心（其他学院分别代表巫师的智慧、身体和灵魂），并且这个学院青睐治疗师。伊尔弗莫尼魔法学校有一群普克奇负责守卫，但是没人知道普克奇的寿命究竟有多长。

普克奇是北美原住民传说中的一种生物，尤其是美国东北部和五大湖区的原住民部落。有些故事把普克奇描述为能变形的生物，尤其喜欢变成豪猪或者美洲狮。虽然这些故事中也有一些中立甚至乐于助人的普克奇，但在大部分传说中，普克奇都是一种邪恶的或者致命的生物，最好对它们敬而远之。不同故事中的普克奇能力不一样，有些能够让人们失忆，有些能够用火恶作剧，甚至能散发出花香引诱人类走入陷阱。

知名普克奇

威廉是一只和伊索特·塞耶成为朋友的普克奇。威廉恪守普克奇的传统，自始至终都未透露自己的真实姓名。伊索特·塞耶是从一只隐匿怪（详见第91页）的手中救下了威廉，威廉认为伊索特对自己有恩，从此和她成为朋友，并带领她认识本地的魔法生物。不久，两人因为一条长角水蛇（详见第98页）产生矛盾。当伊索特请求威廉帮助她救下两个年幼的巫师时，虽然这违背了普克奇的传统，但威廉还是不情愿地答应了她。至此，威廉认为自己已经报恩，便离开了伊索特。许多年后，伊索特和她的家人遭受她的姨妈葛姆蕾·冈特的攻击。危急时刻，威廉神奇地出现在了她面前，并彻底消灭了这个邪恶的女巫。后来，威廉带着自己的家人搬入了伊索特的家里（这时候伊索特的家已经变成了一所名为伊尔弗莫尼的学校）。从此以后，这群忠诚的普克奇就开始负责保护伊尔弗莫尼魔法学校，但它们时不时威胁要辞职走人。

今天的伊尔弗莫尼学校里有一只年迈的普克奇一直负责看守伊索特的坟墓，并且坚持独自一人守护伊索特的大理石雕像。这只普克奇也叫威廉，据说它可能就是当年伊索特认识的那个威廉。

五足怪 Quintaped

登场作品
《哈利·波特与"混血王子"》、
《神奇动物在哪里》（2001）

体型 大型

类型 非不死族

特征 红棕色毛发，五条腿，性情凶狠，喜食人肉

你知道吗？
有求必应屋里的一个旧柜子里摆着一具五足怪的骸骨

　　根据传说，五足怪曾经是一个名叫麦克布恩氏族的巫师家族，他们和麦克利沃氏族势不两立，但又一同生活在位于苏格兰海岸的德利亚岛。

　　一天晚上，双方的氏族首领杜格德·麦克利沃和金特斯·麦克布恩在酒后展开决斗，杜格德在决斗中不幸丧命。这起事件可能纯属意外，因为麦克布恩氏族的魔法是出了名的差劲。但是愤怒的麦克利沃族人执意为首领复仇，他们把每一个麦克布恩氏都变成了浑身毛茸茸、长着五条腿的可怕怪物，也叫五足怪。不幸的是，五足怪是一种喜食人肉的生物，因此很快它们又向麦克利沃氏族发起攻击，并将他们逐一吞噬。麦克利沃氏惨遭灭族后，再也没人能把五足怪变回人形。推测五足怪至今仍以怪兽的形态存活在某处。

　　因为五足怪不能说话，而且并不愿意让人类把它们恢复成人形，因此无法证明关于它们的传说是否属实。即便它们真的是麦克布恩氏族，那它们好像也更喜欢以五足怪的形态生活下去。这些野兽非常危险，魔法部赋予它们最高评级××××××，即对人类极度危险。如果你想寻找五足怪，请注意魔法部已经对德利亚岛施加了不可标绘咒，以避免血腥事件的发生。

R

兔子 Rabbit

登场作品
《哈利·波特与密室》、《哈利·波特与阿兹卡班的囚徒》、
《诗翁彼豆故事集》

体型 小型

类型 非不死族

特征 毛茸茸，长耳朵

你知道吗？
据说法国女巫莉塞特·德·拉潘能变成兔子，她可能就
是以这种方式在 1492 年成功越狱

　　除去南极洲外，各片大陆上都能看到野兔的身影。光是欧洲兔子的后代，就演变出了 305 种不同品种的家养兔。长久以来，这种小型动物作为宠物一直深受人们的喜爱，它们的皮毛和肉也让它们成为猎捕的对象。世界上许多地方都视兔子为有害动物，因为它们的繁殖能力极强。因为强大的繁殖能力，兔子常与生育和春天联系在一起。早在公元前六世纪的欧洲，就有随身携带兔子腿当吉祥物的迷信传统。上二年级的时候，哈利和同班同学在变形课上的一项任务就是把兔子变成拖鞋。三年级前的那个暑假，哈利、罗恩和赫敏去对角巷的神奇动物商店时，亲眼看到一只白兔把自己变成了一顶礼帽。

知名兔子

　　宾奇是拉文德·布朗的宠物兔子，但是在拉文德上三年级的时候，宾奇被一只狐狸咬死了。拉文德是在 10 月 16 日父母的来信中得知这个噩耗的。令她震惊的是，特里劳尼教授早就预言厄运将会在这一天降临。

R

拉莫拉鱼 Ramora

登场作品
《神奇动物在哪里》（2001）

体型 小型

类型 非不死族

特征 银色，魔力强大

你知道吗？
罗马作家老普林尼认为在亚克兴战役中，马克·安东尼在对抗屋大维的舰队时，就是拉莫拉鱼拖慢了马克·安东尼的船舰

> 拉莫拉鱼生活在印度洋，它们会用强大的魔法保护水手，固定船只。魔法部给这种善良的生物评级为××，即无害。为了阻止巫师盗猎，拉莫拉鱼受到国际巫师联合会的重点保护。麻瓜称这种鱼为鲫鱼，它们会吸附在船只上或鲨鱼、鲸的身上。

红帽子 Red Cap

登场作品
《哈利·波特与阿兹卡班的囚徒》、《神奇动物在哪里》（2001）

体型 小型

类型 非不死族

特征 类矮人或类妖精生物，喜欢攻击缺乏防备的麻瓜

你知道吗？
在苏格兰民间传说中，红帽子会朝人类投掷巨石把人砸死

> 红帽子生活在战场遗址一类曾经染过血的地方，任何在夜晚闯入其领地的人都会遭到它们的大棒攻击。因为巫师可以用魔法轻松驱逐它们，所以魔法部给这种生物中等评级。三年级时，哈利在卢平教授的黑魔法防御课上学到了红帽子。同年的期末考试中，就考到了如何安全通过遍布红帽子的坑洞，最终哈利、罗恩和赫敏成功通过这项测试。

瑞埃姆牛 Re'em

登场作品
《神奇动物在哪里》（2001）

体型 大型

类型 非不死族

特征 金色牛皮，血液有强大的魔法效果

你知道吗？
瑞埃姆牛的评级为 ××××，因为它们体型巨大，同时也是提醒巫师对待它们时态度一定要尊敬

瑞埃姆牛是一种极其罕见的魔法巨牛，仅生活在北美和远东地区。瑞埃姆牛的血液可以让饮用者获得巨大力量，是一种非常稀有的商品。"Re'em"是希伯来语，意为"野牛"或者"独角兽"。在犹太民间传说中，瑞埃姆牛是一种比山还高的参天巨兽。学者通常认为《犹太律法》中出现的瑞埃姆牛是一种野牛，也是现代家养牛的祖先。

湿地狼人 Rougarou

出处
哈利·波特官方网站

体型 中型

类型 非不死族

特征 狗头人身

你知道吗？
湿地狼人是卡津民间传说中的常客

湿地狼人是一种神出鬼没的黑魔法生物，常见于路易斯安那州的沼泽地区。湿地狼人的毛发是新奥尔良魔杖制作人维奥莱塔·博韦最喜欢的一种杖芯材料，她很喜欢用湿地夏花山楂木配合湿地狼人毛发制作魔杖。有传言称这种魔杖很适合施展黑魔法，但是很多正直的美国巫师也选择使用这种魔杖，包括美国魔法国会主席瑟拉菲娜·皮奎利。在美国神话中，湿地狼人和狼人有不少相似之处（详见第194页）。实际上，"Rougarou"这个词就是法语"loup-garou"的另一种拼写方式，意为"会变成狼的人"。

R

如尼纹蛇 Runespoor

登场作品

《神奇动物在哪里》（2001）、
《神奇动物在哪里》（2016）、
《神奇动物：格林德沃之罪》

体型 中型

类型 非不死族

特征 身上有橙色和黑色条纹的三头蛇

你知道吗？

"你就像中间的头"（You've gone middle head）是一句赞美的话，用来称赞某人很有远见。纽特·斯卡曼德是这句话的发明人，也有可能是唯一说这句话的人

　　如尼纹蛇原产于布基纳法索，是一种三头蛇，身长可达六七英尺。这些生物曾经是深受黑巫师欢迎的宠物，但并不是因为它们非常危险，而是因为它们看上去特别可怕。

　　目前已知的关于如尼纹蛇的知识主要来自蛇佬腔的记录，因为只有蛇佬腔能够和它们进行交流。如尼纹蛇的每个头都有各自的性格：左边的头负责做决策；中间的头具备丰富的想象力，喜欢沉溺于幻想之中；右边的头牙齿带有剧毒，并且总是喜欢批评另外两个头。左边的头和中间的头因为讨厌右边的头喋喋不休，所以经常联合起来将它咬断。由于三个头之间内斗不断，如尼纹蛇鲜有长寿。

　　如尼纹蛇是目前唯一已知用嘴巴产卵的魔法生物。如尼纹蛇的蛋具备神奇的魔法能力，比如提升智力，因此如尼纹蛇和蛇蛋在黑市上都价格奇高。为了保护如尼纹蛇免遭盗猎，布基纳法索的森林被魔法政府施加了不可标绘咒，确保如尼纹蛇不受干扰。因为如尼纹蛇的毒液毒性极强，所以魔法部给如尼纹蛇的评级为××××。

火蜥蜴 Salamander

登场作品
《哈利·波特与密室》、
《哈利·波特与阿兹卡班的囚徒》、
《神奇动物：格林德沃之罪》

体型 微型

类型 非不死族

特征 抗火，颜色因环境而异

你知道吗？
纽特·斯卡曼德认为蒂娜·戈德斯坦的眼睛非常美丽——又黑又亮，"像是黑水中的火焰"，就像火蜥蜴一样

　　火蜥蜴是一种自火焰中诞生，以火焰为食，并随火焰熄灭而死亡的蜥蜴。根据它们出生时火苗的热度，它们的颜色为蓝色、橙色或红色。离开火焰后，火蜥蜴最多只能存活六小时。在此情况下要想活下去，就必须食用辣椒。弗雷德和乔治尝试给火蜥蜴喂"费力拔烟火"，结果火蜥蜴只吃了一口，就在房间里四处弹射旋转（但还是活下来了）。火蜥蜴的血也有治愈能力，可用于制作多种魔药。在哈利三年级时，海格在一堂保护神奇动物课上向学生展示了一堆篝火，里面全是火蜥蜴。

　　从前大部分麻瓜认为火蜥蜴不过是在水中或潮湿地区生活的类蜥蜴两栖动物。不同于他们的祖先，今天的麻瓜都认为之所以会出现火蜥蜴的传说，只是因为火蜥蜴经常生活在腐木之中。当木头被烧着时，这些火蜥蜴就会从火中逃出来。但是就连麻瓜也不能否认火蜥蜴确实具备断肢再生的神奇能力。

萨萨班塞 Sasabonsam

出处
哈利·波特官方网站

体型 小型 / 中型

类型 不死族

特征 外形像吸血鬼，双腿细长

你知道吗？
在 2014 年魁地奇世界杯比赛上，尼日利亚队带来了一只萨萨班塞作为他们的吉祥物

　　萨萨班塞是一种原产于尼日利亚的嗜血生物。在2014年魁地奇世界杯比赛上，斐济队的吉祥物达库瓦迦（详见第57页）和挪威队的吉祥物塞尔玛湖怪（详见第170页）爆发冲突，当双方正在试图控制住这些野兽时，巴西队的库鲁皮拉（详见第42页）加入混战，而尼日利亚队带来的一群萨萨班塞则因为见到太多的血而发狂。尚不清楚魁地奇世界杯比赛是否还允许尼日利亚队携带这些可怕的生物来参赛。

　　非洲的麻瓜对萨萨班塞并不陌生，在加纳主体民族阿肯族的民间传说中，经常能看到萨萨班塞的身影。在这些故事中，萨萨班塞长着铁钩一样的脚、粉色的皮肤和钢铁般的牙齿。阿肯人认为这种生物生活在树上，随时会对路过的人发动攻击。根据阿肯族的阿散蒂人的说法，萨萨班塞有着毛茸茸的身体，两只脚分别指向两边，还有一双可怕的充血的眼睛。

大脚怪 Sasquatch

出处
哈利·波特官方网站

体型 大型

类型 非不死族

特征 类人形生物，两足直立行走，浑身覆盖毛发

你知道吗？
大脚怪是美国魔法国会最终迁至纽约市的原因

　　大脚怪是北美的一种传奇生物，历史上曾给美国魔法国会带来不少麻烦，最值一提的当数魔法国会的第五次迁址。究其原因，是美国魔法国会魔法物种保护组织领导艾琳·尼丹德对大脚怪采取了一系列强硬措施，最终引发1892年的大脚怪之乱：愤怒的大脚怪如潮水般成群结队向美国魔法国会位于华盛顿的总部发起进攻。

　　对于大脚怪的故事，麻瓜既痴迷又保持怀疑。关于大脚怪是否存在，麻瓜至今没有达成共识。这些野兽最早引起麻瓜的关注是在1958年，当时来自《洪堡时报》的记者安德鲁·甘佐利写了一篇文章，称他收到一封读者来信，信中声称伐木工在加州北部的树林中发现了巨型脚印。拍摄于1967年的大脚怪录像进一步点燃了关于大脚怪的讨论。有些麻瓜相信大脚怪是一种类猿野兽，可以像人类一样直立行走。不少说得有鼻子有眼的篝火故事让更多人相信大脚怪的存在，虽然这些故事的本意可能只是想吓唬小孩子。

海蛇 *Sea Serpent*

登场作品
《神奇动物在哪里》（2001）

体型 巨型

类型 非不死族

特征 蛇身马头

你知道吗?
麻瓜误以为海蛇和其他蛇一样极度危险

　　虽然麻瓜经常因为海蛇巨大的体型而把它们描绘成一种可怕的生物，但实际上，海蛇是一种无害生物。目前没有记录证明海蛇伤害过人类。对于担心出海安全的巫师来说，这是个好消息。尽管如此，魔法部依然给海蛇评级为×××，可能是因为它们能够长到100英尺长。不论是在地中海、大西洋还是太平洋，你都可以看见它们在海浪中悠然自得地游动。

　　长久以来，麻瓜一直热衷于在幻想故事中描绘这些强大的生物，北欧神话就是一个典型的例子。比如，洛基之子耶梦加得就是一条巨型海蛇。在奥丁把它扔进大海后，它用身体围住了整个世界。随着诸神黄昏的到来，耶梦加得与他的宿敌托尔对峙，展开了一场决定宇宙命运的旷世决战。最终托尔斩下了巨蛇的脑袋，但后来还是因为伤口染上蛇毒而死。也就是说，海蛇只有在世界末日来临时才对麻瓜构成威胁，但当世界末日真正来临时，麻瓜要担心的问题肯定不是海蛇。

塞尔玛湖怪 Selma

出处
哈利·波特官方网站

体型 大型

类型 非不死族

特征 生活在淡水湖中的大蛇，生性凶狠

你知道吗?
塞尔玛湖怪习惯生活在挪威冰冷的淡水湖中，它们受不了温热的咸水湖

　　挪威的塞尔玛湖怪和海蛇有许多相似之处，但是这种体型巨大的湖蛇既吃鱼肉也吃人肉，所以对于巫师和麻瓜来说，塞尔玛湖怪都是一种非常危险的生物。

　　2014年，塞尔玛湖怪登上了国际新闻头条，因为在巴塔哥尼亚沙漠中举办的第227届魁地奇世界杯比赛上，塞尔玛湖怪引发了可怕的骚乱。按照原定计划，挪威队的吉祥物是巨怪（详见第187页），但是出乎活动组织方意料的是，挪威队实际带来的是一只塞尔玛湖怪。因为事发突然，组委会只能把塞尔玛湖怪放在用于放置斐济队吉祥物达库瓦迦的人造湖里。不出几分钟，这两只魔法生物便爆发冲突，并在整个体育馆引发骚乱，最终导致超过300人受伤。

　　挪威的麻瓜相信挪威的赛尔尤尔湖中生活着塞尔玛湖怪。许多麻瓜都声称见过这种生物，尤其是在夏季时节。目前已知最早的目击记录可追溯至1750年，当时一名叫古恩雷克·安德森·韦帕的男子声称自己的小船被一条塞尔玛湖怪缠住，这也确实符合这种生物的食人特性。

希拉克鱼 Shrake

登场作品
《神奇动物在哪里》（2001）

体型 小型

类型 非不死族

特征 浑身布满鳍刺，痛恨渔网

你知道吗？
希拉克鱼是一种人造鱼

希拉克鱼是一种出没于大西洋的咸水鱼，它们会使用锋利的鳍刺划破渔网。这些鱼是由巫师创造出来的，用于惩罚一群心术不正的麻瓜渔民。

为了给这些麻瓜一些颜色看看，巫师们创造出了一种让他们终生难忘的可恨鱼类。虽然希拉克鱼破坏力很强，但对于巫师来说并不构成太大威胁。

蛇 Snake

登场作品
《哈利·波特与魔法石》、《哈利·波特与密室》、
《哈利·波特与阿兹卡班的囚徒》、
《哈利·波特与火焰杯》、《哈利·波特与凤凰社》、
《哈利·波特与"混血王子"》、
《哈利·波特与死亡圣器》、
《神奇动物：格林德沃之罪》

体型 小型至大型不等

类型 非不死族

特征 长身，无足，有鳞

你知道吗？
蛇通过一种名叫蛇佬腔的语言进行交流

蛇是一种无足冷血食肉动物，对于巫师和麻瓜来说，蛇大概是被污名化和被误解最严重的生物。众所周知，斯莱特林学院的创立者不仅喜欢蛇，而且喜欢用蛇佬腔和蛇进行交流。哈利也有这种天赋，伏地魔在试图杀死哈利的那个夜晚，无意中赋予了哈利这项技能。

在达力生日那天，哈利跟着德思礼一家去参观动物园，那也是哈利第一次用蛇佬腔和动物园里的一条巨蟒说话。不知道为什么，哈利

无意中让关着巨蚺的玻璃消失了。巨蚺爬出来，并对他说了一句"谢谢你好朋友"，然后向它的故乡巴西爬去。不知道为什么，虽然这条巨蚺从小生活在动物园，但它知道自己的故乡在哪里。

在霍格沃茨就读期间，哈利遇见了许多蛇。二年级的时候，他在吉德罗·洛哈特的决斗俱乐部与德拉科·马尔福决斗。马尔福召唤出了一条蛇，当哈利意识到这条蛇准备攻击贾斯廷·芬列里时，他命令它不准碰他的同学。后来，当罗恩和赫敏与哈利谈起这件事时，哈利才意识到蛇佬腔是一种非常罕见的能力，掌握蛇佬腔的巫师屈指可数。

几年之后，阿不思·邓布利多在研究伏地魔的魂器时，向哈利展示了一段记忆。在这段记忆中，伏地魔的舅舅莫芬·冈特一边用蛇佬腔唱歌，一边逗着一条蝰蛇。蝰蛇是英国本地唯一的毒蛇。鉴于莫芬·冈特热衷黑魔法，他选择这种蛇作为宠物也不足为奇。

知名的蛇

纳吉尼是一条身上有钻石形状花纹的大蛇，也是伏地魔的宠物。她对伏地魔忠心耿耿，伏地魔也对她关爱有加。在伏地魔完全复活之前，小矮星彼得利用纳吉尼的毒液制作了一种魔药为伏地魔续命。在此期间，纳吉尼一直负责保护伏地魔的安全。在成为伏地魔的冷血跟班之前，纳吉尼曾经是一个人类，但是染上了血液咒，这种诅咒会把她永久变成一条蛇，再也无法复原。变成蛇后，纳吉尼前往阿尔巴尼亚，在那里遇见了失去身体的伏地魔，并和他成为伙伴。伏地魔之所以选择纳吉尼作为魂器，很可能是因为她具备人类的智慧，而且他能够用蛇佬腔和她进行交流。在霍格沃茨之战中，纳吉尼被纳威·隆巴顿斩杀。她是最后一个被破坏的魂器。

鸟形食人怪 Snallygaster

登场作品
《神奇动物在哪里》（2017）

体型 巨型

类型 非不死族

特征 鸟的头和翅膀，蜥蜴的身体

你知道吗？
鸟形食人怪的心脏神经可用作魔杖杖芯。很多伊尔弗莫尼魔法学校的学生都使用这种杖芯的魔杖

鸟形食人怪是鸟蛇（详见第137页）的亲缘物种，这种极度危险的生物原产于北美，外形很像火龙（详见第50页）。虽然鸟形食人怪不能喷火，但是它们的锯齿状牙齿能像刀切黄油一样轻松撕裂大型猎物。鸟形食人怪的皮肤坚硬到可以防弹，所以它们没有已知的天敌。

鸟形食人怪生性好奇而且无所畏惧，它们经常会打破《国际巫师保密法》。为此巫师特地成立了鸟形食人怪保护联盟，对目击它们的麻瓜使用遗忘咒。虽然巫师社会努力掩盖这种生物的存在，但是它们依然时不时登上麻瓜报纸。因为鸟形食人怪随时会给巫师社会造成威胁，所以魔法部给它们的评级为××××。

"Snallygaster"这个词原本是德语，意为"行动迅速的鬼魂"。德国移民之间流传着一个故事，称18世纪有一只怪物袭击了他们位于马里兰州弗雷德里克镇的村庄。这些故事的主角都是一只外形像龙、浑身鳞片、长着巨大翅膀的生物。但是在早期的版本中，这种怪物被描述成恶魔或者食尸鬼的模样，它们会从天空俯冲而下，把人抓走。

金飞侠 Snidget

登场作品
《神奇动物在哪里》（2001）、《神奇的魁地奇球》

体型 微型

类型 非不死族

特征 身体圆胖，金色羽毛，鸟喙细长

你知道吗？
金色飞贼是由魔法金属匠鲍曼·赖特发明，用来模拟并代替金飞侠在魁地奇比赛中的角色

金飞侠是一种非常美丽的鸟类，它的翅膀很短，看上去就像一个长着眼睛的小球。它们能以极快的速度像箭一样射入天空，并且凭借高度灵活的翅膀关节实现快速转向。

在12世纪，追捕金飞侠是一种非常受欢迎的巫师运动，这也是魁地奇球（发明于1269年）的前身之一。巫师们会骑着飞天扫帚，看看谁能最先捉到灵活狡猾的金飞侠，获胜者将获得一袋金子作为奖励。不幸的是，金飞侠是一种非常脆弱的鸟，大部分金飞侠在被抓住的时候会被捏死。经过了近一个世纪的抗议后，巫师世界终于发明出了金色飞贼来取代金飞侠。此前金飞侠一度因为过度捕杀而濒临灭绝，现在它们已经是一种受保护动物。

但是为了金飞侠金色的羽毛和宝石般的眼睛，一些巫师依然在捕杀金飞侠，迫使魔法部给金飞侠的评级为××××，虽然这样的评级通常是给危险生物的。这个评级从法律上禁止巫师捕杀金飞侠，任何猎捕或伤害金飞侠的行为都将受到法律的制裁。

斯芬克司 Sphinx

登场作品
《哈利·波特与火焰杯》、《哈利·波特与凤凰社》、
《哈利·波特与"混血王子"》、
《神奇动物在哪里》（2001）

体型 中型

类型 非不死族

特征 人头狮身

你知道吗？
在三强争霸赛的最后一项任务中，斯芬克司给哈利出的
谜题的谜底是"蜘蛛"

斯芬克司是一种聪明而又危险的生物，以喜欢谜题而闻名，也是埃及最有名的魔法生物。斯芬克司通常负责守护宝藏，它们会充分发挥自己的谜语能力，阻止盗贼盗取宝藏。虽然魔法部通常把这类高智商生物归为"人"，但是斯芬克司被激怒时做出的凶狠反应，还是让它们被归类为"兽"。斯芬克司的起源依旧是个谜，但是有人猜测斯芬克司是人类培养出来的生物。

三强争霸赛的第三项任务中出现了不少野兽，一头雌性斯芬克司就是其中之一。它给哈利出了一道谜题，哈利解开谜题后，斯芬克司便遵守约定让他通过。古灵阁也使用斯芬克司看守其中一些著名金库。虽然斯芬克司能够提升金库的安全性，但是许多客户对此颇有微词，毕竟不是每个人都喜欢猜谜。

在古希腊神话中，斯芬克司经常被描绘成长着鸟翼的混合生物。最有名的斯芬克司雕像是吉萨狮身人面像，位于埃及的金字塔群附近。

魁地奇球队
吉祥物

每支魁地奇球队都想要一只吉祥物代表他们令人闻风丧胆的名声和高超的飞行技能。在每一届魁地奇世界杯比赛上，各国家（地区）队会带上能够代表本国（地区）独特历史文化的魔法生物作为吉祥物，并炒热现场气氛。

鸟类、蝙蝠和昆虫

巴利卡斯蝙蝠队

人们经常把蝙蝠（详见第22页）和巫术联系在一起。蝙蝠在飞行时能够通过回声定位灵活闪避障碍物，对于一种非魔法生物来说，这项技能已经非常惊人了。

法尔茅斯猎鹰队

猎鹰是一种凶狠的猛禽，飞行时能够迅速改变方向。有些品种的猎鹰俯冲速度在所有鸟类中数一数二。

菲奇堡飞雀队

雀类是一种遍及世界各地的小型鸟类，鸣叫声非常悦耳。雀类通常被用于在矿井中检测一氧化碳泄漏，因此对于马萨诸塞州的菲奇堡飞雀队来说，飞雀就是勇气的象征。

海德堡猎犬队

这支德国球队的吉祥物是鹞鹰。鹞鹰是一种能够贴地飞行的鹰。"Harrier"这个词也可以指一种擅于抓兔子的猎犬，或者喜欢攻击他人的人。

肯梅尔红隼队

红隼是一种小型隼。在爱尔兰，这种鸟类是唯一能够在空中悬浮，然后快速俯冲捕捉猎物的猛禽。

卡拉绍克风筝队

鸢是一种遍布世界各地的猛禽，它们能稳稳地飞上天空，并且随风滑翔，就像这支挪威魁地奇球队的球员一样。

莫托拉金刚鹦鹉队

虽然这支球队以原产于中美洲和南美洲的金刚鹦鹉为名，但实际上，它们的吉祥物是一只名叫火花的凤凰（详见第147页）。这只不死鸟可能代表这支球队不屈不挠、奋勇拼搏的精神。

蒙特罗斯喜鹊队

喜鹊是世界上最聪明的动物之一，它们喜欢收集亮晶晶的物品。选择喜鹊作为吉祥物，可能代表蒙特罗斯喜鹊队在球场上捕捉金色飞贼的超强能力。

弗拉察雄鹰队

秃鹫是一种食腐鸟类，它们会在空中盘旋，寻找腐尸。这支保加利亚魁地奇国家队也像秃鹫一样，为了夺冠以弱队为食。

温布恩黄蜂队

黄蜂是一种会蜇人的昆虫。温布恩黄蜂队之所以会取这个名字，是因为很久以前在和阿普尔比飞箭队的一次比赛中，他们利用一个蜂窝出奇制胜。

魔法生物

戈罗多克怪兽队

这支立陶宛球队的吉祥物是滴水嘴石兽（详见第68页）。滴水嘴石兽是一种建筑装饰，通常长有翅膀。这些外形可怕的装饰物据说能够驱鬼。

格罗济斯克妖精队

妖精（详见第82页）一直和金子有着密切联系。这支波兰球队选择妖精作为吉祥物，可能是代表他们抓取金色飞贼的决心。

霍利黑德哈比队

哈比（详见第90页）是鸟和女人的混合体，也是一种非常凶狠的生物。对于这支来自英国和爱尔兰的全女性阵容的球队来说，这样的吉祥物再合适不过。

丰桥天狗队

天狗是日本神道教中的恶魔，这种可怕的生物经常被描绘为半鸟半人的模样。在不同的传说中，天狗有时是守护神，有时是祸害。不管怎样，天狗都是这支优秀的日本魁地奇球队的理想吉祥物。

爱尔兰魁地奇国家队

爱尔兰国家队的吉祥物是辨识度极高的小矮妖（详见第118页），它们会给现场观众洒下金币雨（可惜这些加隆金币都是假币，而且很快就会消失），并且能够排成阵形进行飞行表演。

保加利亚魁地奇国家队

保加利亚国家队的吉祥物是媚娃（详见第191页），这些长着白金色毛发的人形女性生物能利用她们的美貌和妖艳的舞姿把男性迷得神魂颠倒，被她们迷住的男性会为了吸引她们的注意而做出出格甚至危险的事情。但是请注意，媚娃被激怒后会变身成为长满鳞片的鸟。

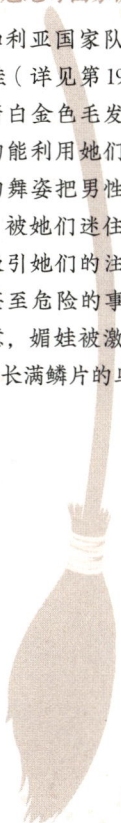

水妖 Sprite

登场作品
《哈利·波特与"混血王子"》

体型 小型

类型 不详

特征 在民间传说中，水妖经常被描绘得像仙子一样

你知道吗？
水妖可能是另一种水怪——格林迪洛（详见第 88 页）的远亲

水妖生活在池塘或者湖泊一类的水域。在和邓布利多前往伏地魔藏匿魂器的海边洞穴时，哈利很担心会面对各种巨蛇、水怪、马形水怪（详见第113页）和水妖等水中怪物。

在神话故事中，水妖泛指各种水中精灵。在欧洲民间传说中，水妖通常指出没于小型湖泊或者溪流中的灵体。水妖在水中和陆地都可以呼吸，甚至可能具备飞行能力。它们在外形上和人鱼不同，因为它们更接近幽灵，而不是生物。水妖对渔民构成巨大威胁，因为它们会把缺乏警惕的渔民拖入水中。

"Sprite"这个词源自拉丁语"spiritus"，意为"幽灵"。许多文学作品中都有水妖，比如莎士比亚的《暴风雨》。世界各地不同文化的民间传说中有着各种版本的水妖，有些故事甚至流传至今。

变色巨螺 Streeler

登场作品
《哈利·波特与阿兹卡班的囚徒》（仅称之为"有毒的
橙色蜗牛"）、《神奇动物在哪里》（2001）

体型 微型

类型 非不死族

特征 外壳坚硬带刺，每小时变一次色

你知道吗？
在霍格沃茨就读期间，纽特·斯卡曼德在一个玻璃箱里
养了变色巨螺和其他小型魔法生物

非洲变色巨螺经过的地方会留下有毒的尾迹，能把沿途触碰到的植物全部烧死。它们的毒液是少数已知的能够杀死霍克拉普（详见第97页）的物质之一。因为魔法部对变色巨螺的评级不高，所以全世界有很多人把它们当作宠物饲养。

蜷翼魔 Swooping Evil

登场作品
《神奇动物在哪里》（2016）

体型 小型

类型 非不死族

特征 鲜艳的蓝绿色，巨大的翅膀，蝙蝠似的头部

你知道吗？
蜷翼魔的毒液可用于消除不快乐的回忆

蜷翼魔是一种非常聪明的生物，它的外形像一只巨型蝴蝶，并且可以把自己蜷缩进一个小小的刺茧之中。纽特·斯卡曼德饲养的蜷翼魔帮助他和蒂娜·戈德斯坦从美国魔法国会的死刑室中逃出来，甚至还协助他制服了盖勒特·格林德沃。在克莱登斯·巴瑞波恩的默默然袭击纽约市后，纽特还使用蜷翼魔的毒液消除了麻瓜们的记忆。面对蜷翼魔一定要保持警惕，因为它们可能会把舌头伸进你的鼻孔，吸食你的脑子。

特波疣猪 Tebo

登场作品
《神奇动物在哪里》（2001）

体型 小型

类型 非不死族

特征 身体健壮，灰色粗毛，有两对大獠牙，能够隐形

你知道吗？
特波疣猪的皮非常珍贵，可用来制作衣服和护盾

特波疣猪原产于刚果河附近，是一种极度危险（××××）的生物，它们能够随时隐身，方便它们发动奇袭。

三头犬 Three-Headed Dog

登场作品
《哈利·波特与魔法石》、《哈利·波特与密室》、《哈利·波特与火焰杯》

体型 大型

类型 非不死族

特征 深棕色的毛，三个大狗头

你知道吗？
在佛罗里达州奥兰多的哈利·波特魔法世界，游客可以在"海格的神奇生物摩托历险"游乐项目中看到一头巨大的电动路威

三头犬原产于希腊，是一种非常稀有的生物，也是除如尼纹蛇（详见第165页）以外，目前已知唯一的三头魔法生物。尚不清楚三头犬是否像如尼纹蛇一样每个头都有不同的功能。只有非常强大的巫师才能驯服这些凶猛的生物为他们看守密道或者宝藏。但是三头犬有一个巨大的弱点：只要听到音乐就会睡觉。

在古希腊神话中，看守冥界的就是一只名叫刻耳柏洛斯或地狱三头犬的大狗，它是由厄喀德那和堤丰所生，经常被描述为有多个头（有时甚至多达100个，但是大部分时候只有3个），有一条蛇形尾巴，身体的多个部位还长着蛇。它的工作就是阻止死者离开冥界。只有三个人曾经战胜过刻耳柏洛斯：俄耳甫斯、赫拉克勒斯和西彼拉。俄耳甫斯是通过歌声让三头犬入睡，赫拉克勒斯使用蛮力制服三头犬，西彼拉用一块饼引诱饥饿的三头犬。最早提到刻耳柏洛斯的是《奥德赛》，赫拉克勒斯活捉三头犬也是古希腊和古罗马雕塑与陶艺的常见主题。

知名三头犬

从霍格莫德村的一个希腊人手上买来的路威负责在霍格沃茨看守魔法石。哈利、罗恩、赫敏和纳威曾在晚上溜出寝室，他们设法躲开了阿格斯·费尔奇，却不小心撞上了三头犬。哈利一行在学生禁入的三楼发现路威站在一扇暗门上，这扇暗门正是通向魔法石隐藏地的入口。幸运的是，哈利一行最后安然无恙地逃走了。当哈利意识到魔法石可能会被盗走时，他和赫敏、罗恩决定不能让魔法石落入黑魔王的手中。三人来到路威所在的房间，并且在路威的脚下发现了一把竖琴。哈利拿起海格在圣诞节送给他的笛子吹了一段简单的旋律，路威立刻昏睡过去。哈利一行安全通过，并清除了挡在他们面前的重重障碍。

哈利打倒奇洛教授和伏地魔并取回魔法石后，路威便不用再看守魔法石，并回到了禁林。根据J.K.罗琳的说法，阿不思·邓布利多后来把路威送回了希腊，在那里它可以过上平静的生活。

雷鸟 Thunderbird

登场作品
《神奇动物在哪里》（2017）、
《神奇动物在哪里》（2016）

体型 大型

类型 非不死族

特征 鹰头，巨爪，羽毛上有云朵花纹

你知道吗?
雷鸟和凤凰（详见第 147 页）有亲缘关系

　　雷鸟能在划过天空时制造风暴。这种神奇的鸟类原产于北美，尤其是亚利桑那州和其他西部州。虽然像纽特·斯卡曼德这种技艺高超的巫师能够驾驭雷鸟，但它们其实是一种非常凶猛的生物，魔法部给它们的评级为××××。

　　雷鸟的体型比人类大，浑身覆盖着闪亮的羽毛，威风凛凛，令人过目难忘。雷鸟对魔法造成的危险非常敏感，这种敏感性还延续到了用雷鸟尾羽制作的魔杖上。据说当此类魔杖的主人遭受攻击或者其他厄运之前，雷鸟尾羽魔杖会自动射出诅咒。虽然雷鸟尾羽魔杖难以驾驭，但是这类魔杖，尤其是由美国原住民希柯巴·沃尔夫制作的魔杖，以其强大的威力和在变形魔法上的优异表现而备受追捧。

　　伊尔弗莫尼魔法学校的雷鸟学院是由伊索特·塞耶的养子查威克·布特命名的。雷鸟学院代表的是巫师的灵魂（其他三座学院分别代表巫师的智慧、躯体和内心），并且青睐富有冒险精神的巫师。

　　长久以来，雷鸟一直是北美原住民传说中的重要角色，它们的地位甚至可以用神圣来形容。通常来说，雷鸟代表着力量与庇护。它们被视作天空或者神界的统治者，并且与冥界生物保持着一种对立关系。根据一些传说故事，雷鸟会制造闪电来保护大地的子民不受冥界邪恶生物或者恶人的伤害。在其他传说中，雷鸟被视作太阳或者神灵的信使、四季变化的传令者、宇宙的创造者之一，或是长角水蛇（详见第98页）和其他蛇类的宿敌。太平洋西北部的传说故事中描绘了雷鸟和鲸的大战，

类似的场景在部落艺术作品中频繁出现。雷鸟的形象（或者类似的巨型鸟类生物形象）最早可追溯至史前时代。

知名雷鸟

20世纪20年代中期，纽特·斯卡曼德从埃及贩子手中救下一只雷鸟，并给它取名叫**弗兰克**。之后弗兰克就生活在纽特的行李箱中。纽特原本打算在亚利桑那州把弗兰克放生，但是克莱登斯·巴瑞波恩在纽约市大肆搞破坏后，纽特决定在纽约市放出弗兰克，利用它创造风暴的能力，结合蜷翼魔能够修改记忆的毒液，把麻瓜的记忆全部消除，成功地保护了巫师世界不被麻瓜发觉。

动物变形咒

除了保护神奇动物课外，霍格沃茨的学生在各种课上都要和动物打交道，变形课当然也不例外。虽然不是所有的变形咒都和动物有关，但在麦格教授的课上，学生经常要练习动物变形咒。

物体变成动物（或动物变成物体）

在有生命物体和无生命物体之间变形是霍格沃茨教的常见变形咒之一，学生在一年级时，就开始练习把物体变成动物（或者把动物变成物体）的咒语。

在哈利的第一节变形课上，麦格教授把一张桌子变成了一头猪，然后又变回桌子。很快这些一年级新生就意识到要在两件毫不相似的物体之间变形是何等困难，因为他们光是把火柴变成针就已经非常吃力。他们的期末考试就要求把老鼠变成鼻烟盒。鼻烟盒越漂亮、越不像老鼠，得分就越高。

二年级学生需要学习把甲虫变成纽扣，把白兔变成拖鞋（电影中则是要把各种动物变成高脚杯）。到了三年级考试时，学生要把茶壶变成乌龟。如果乌龟表现出茶壶的特性，比如会喷出蒸汽，就会被扣分。

四年级和五年级学生要学习把刺猬变成针垫，把猫头鹰变成观剧镜。在三强争霸赛的第一项任务中，哈利见识了这一变形咒更

实用的用法：塞德里克·迪戈里把一块石头变成了一只拉布拉多犬，用它分散了火龙的注意力。

消失咒是一种高级咒语，能把动物或物体全部变消失。在哈利的普通巫师等级考试中就考到了消失咒，哈利必须把一只鼹蜥变消失。学生很快发现无脊椎动物比脊椎动物更容易变消失。他们的练习对象先是蜗牛，最后才是老鼠。

动物变成其他动物

跨物种变形就是用变形咒把某种动物变成截然不同的另一种动物。推测这种变形咒的难度取决于两种动物之间的相似程度。

因为这是一种更加高级的变形咒，所以学生在高年级才开始学习跨物种变形。在四年级时，哈利和朋友们至少花了一节课时间练习把珍珠鸡变成天竺鼠。在变形术普通巫师等级考试期间，汉娜·艾博不小心把一只雪貂变成了一群火烈鸟。

人类变成动物（或者变出动物器官）

虽然阿尼马格斯（详见第120页）在变形后依然能保持人类的心智，但是尚不清楚被变形咒变成动物的人能有多少自主意识。这些可怜人只能等别人把他们变回人类。

有一次，哈利听说一个学生不小心把另一个学生变成了一只獾。德拉科·马尔福也曾因为触怒小巴蒂·克劳奇假扮的疯眼汉穆迪而被短暂变成了一只雪貂。历史上还曾经有巫师上完快速念咒课后把妻子变成牦牛的案例，没人知道这位巫师最后是否复原了他可怜的妻子。

把人体的一部分变成动物也是可行的，比如海格曾经给达力变出一根猪尾巴（实际上是想把他完全变成一头猪，只不过没有成功）。在三强争霸赛的第二项任务期间，德姆斯特朗勇士威克多尔·克鲁姆也给自己变出了一个鲨鱼脑袋。

差点没头的尼克可能是变形咒失败的最典型案例。他生前曾经试图帮助一位贵族侍女矫正她的牙齿，没想到弄巧成拙，给她变出了獠牙。尼克因此遭到斩首处决。这可能是目前已知唯一因为变形咒失败而害死施咒者的案例。

癞蛤蟆 Toad

登场作品

《哈利·波特与魔法石》、《哈利·波特与密室》、
《哈利·波特与阿兹卡班的囚徒》、
《哈利·波特与火焰杯》、《哈利·波特与凤凰社》、
《哈利·波特与"混血王子"》、
《哈利·波特与死亡圣器》

体型 微型

类型 非不死族

特征 足部有蹼，皮肤干燥粗糙，皮肤上布满疙瘩

你知道吗?

蒙顿格斯·弗莱奇曾经偷走他朋友的癞蛤蟆，并以两倍的价格卖回去

世界各地都存在魔法癞蛤蟆和普通癞蛤蟆。虽然这些浑身长满疙瘩的爬行动物是霍格沃茨允许学生携带的宠物，但是当哈利开始在霍格沃茨就读时，癞蛤蟆已经过时，并且很容易让宠物的主人招致嘲笑。想养癞蛤蟆的学生，可以直接去对角巷的神奇宠物店，在那里可以买到大型的紫色癞蛤蟆。癞蛤蟆可用于制作魔药。长久以来，麻瓜一直把癞蛤蟆与巫术联系在一起，认为癞蛤蟆既是巫师的常见宠物，也是魔药的常用配方。至于普通癞蛤蟆，带有剧毒的癞蛤蟆——比如中美洲和南美洲的蔗蟾——会对靠得太近的人类和动物构成威胁。

知名癞蛤蟆

纳威·隆巴顿小时候一直被家人怀疑是个哑炮，在他终于展露出魔法能力后，他的伯父阿尔吉送给他一只癞蛤蟆莱福作为礼物。纳威经常带着这只癞蛤蟆去上课，包括那节学习飘浮咒的魔咒课，以及莱福被缩身药剂变成蝌蚪的那节魔药课。但是莱福经常想逃跑，纳威也承认自己经常把它随便乱放。最终，这只癞蛤蟆终于逃进了霍格沃茨的大湖，和其他的小癞蛤蟆生活在了一起。这让主人和宠物都感到"如释重负"。

巨怪 Troll

登场作品

《哈利·波特与魔法石》、《哈利·波特与密室》、
《哈利·波特与阿兹卡班的囚徒》、
《哈利·波特与火焰杯》、《哈利·波特与凤凰社》、
《哈利·波特与"混血王子"》、
《哈利·波特与死亡圣器》、
《神奇动物在哪里》（2001）、
《哈利·波特与被诅咒的孩子》

体型 大型

类型 非不死族

特征 外形像人，身高可达十二英尺，肤色、毛发等特征因种类而异

你知道吗？

有求必应屋的对面挂着一张挂毯，上面描绘的就是傻巴拿巴斯试图训练巨怪跳芭蕾舞的场景

　　巨怪是出了名的愚蠢生物，这也是为什么霍格沃茨学校用巨怪（Troll）的首字母"T"代表最差的成绩。这种生物的传奇级低智商也是它们被归类为"兽"而非"人"的原因之一，它们似乎无法理解任何有关于它们身份的辩论，更无法协助修改与它们相关的法律。但是巨怪通过巨大的力量与凶狠的性格弥补了智力的不足，这也为它们赢得了××××的评级。巨怪对于巫师来说非常危险，它们以生食人肉和其他生肉而闻名。

　　尽管它们危险性很高，但是在某种程度上，巨怪是可以被"驯服"的，而且它们有时还会从事安保工作，因为它们的外形极具威慑力。在小天狼星布莱克撕碎胖夫人的画像后，霍格沃茨就用巨怪来看守格兰芬多塔楼的入口。巨怪也有它们自己的语言，主要是咕哝声。包括巴蒂·克劳奇在内的多名魔法部官员都能听懂巨怪的语言，推测奇洛教授也有这个能力。在哈利上一年级的时候，奇洛安排了一只山地巨怪保护魔法石。后来在万圣节的时候，他还在霍格沃茨地牢里放出一只巨怪，哈利和罗恩为了救出赫敏而将巨怪打倒。奇洛的继任者吉德罗·洛哈特在他的著作《与巨怪同行》中详细记录了自己和这些生物的冒险故事。当然，和他的其他著作一样，这本书中的不少故事剽窃自其他巫师。

　　哈利碰到的几乎都是体型最大、性格最凶狠的山地巨怪，其实巨怪的种类有很多，外表和自然栖息地也各不相同。山地巨怪全身无毛，皮肤呈灰色，皮肤上有瘤状物；森林巨怪皮肤呈绿色，可能有稀疏毛发；而河流巨怪则是紫色皮肤，通常喜欢居住在桥梁附近，可能长角，或者全身长满毛发。巨怪原产于斯堪的纳维亚，如今早已遍布欧洲，海格和奥利姆·马克西姆就是在波兰会见巨人的途中遭遇巨怪。匈牙利也有许多巨怪，而且这一地区的山地巨怪会骑角驼兽。

　　巨怪在麻瓜的传说故事中也屡见不鲜，尤其是北欧神话。相关故事通常把巨怪描绘成危险生物，但是它们的智力和外表各不相同，有些体型硕大、凶狠迟钝，有些则守在桥上，非常狡猾，有些可能和人类差不多模样，只不过多了一条尾巴。在一些神话故事中，巨怪是墓地的守卫。它们个头矮小，而且为人和善。

　　斯堪的纳维亚地区有很多地方提供巨怪观光游，其中一些旅游项目是参观岩石，旅游机构声称那是被太阳照射后变成石头的巨怪。J.R.R.托尔金的《霍比特人》就有巨怪被阳光石化的情节。但是在其他故事中，被太阳照射到的巨怪会融化或者爆炸，甚至获得力量。在麻瓜的流行文化中，巨怪有了不少全新形象，最有名的就是头发五颜六色、肚脐上镶有宝石的"丑娃"。

独角兽 Unicorn

登场作品

《哈利·波特与魔法石》、《哈利·波特与密室》、

《哈利·波特与阿兹卡班的囚徒》、

《哈利·波特与火焰杯》、《哈利·波特与"混血王子"》、

《哈利·波特与死亡圣器》、

《神奇动物在哪里》（2001）、

《神奇动物在哪里》（2016）

体型 中型

类型 非不死族

特征 外形像马，全身白色，前额有一根角

你知道吗?

伏地魔一度靠喝独角兽的血维持生命

　　独角兽是一种美丽而温顺的生物，因其血液具有强效救命功能，所以经常遭到捕杀。独角兽全身都是宝，独角兽的血液会在月光下泛出银蓝色的光芒，很多濒死之人都会靠饮用独角兽的血来维持生命。但是这么做是要付出代价的，因为杀害独角兽会让自己的生命遭受诅咒。独角兽身上的其他宝贝还有可以用来制作魔杖杖芯的尾毛和可以磨成粉制作魔药的角。魔法部给独角兽的评级为××××，建议只有能力突出、心地善良的巫师才能靠近这种生物，而且态度一定要恭敬。

　　独角兽的颜色会随年龄的增长而改变。年幼的独角兽毛发呈金色，两岁后变为银色。独角兽在四岁时开始长角，成年后的独角兽毛发变为白色。独角兽不信任男性，偏好女性抚摸。独角兽生活在北欧的森林中。

　　麻瓜一直深深迷恋独角兽，尤其是在儿童时期。在希腊文学中，独角兽有着雪白的身体、紫色的头部、蓝色的眼睛和角。据说用独角兽的角当酒杯可以避免中毒、肠胃问题和癫痫。今天的麻瓜认为古希腊作家把印度犀牛误认为独角兽，至于真相如何已经无从考证。

吸血鬼 Vampire

登场作品

《哈利·波特与魔法石》、《哈利·波特与密室》、
《哈利·波特与阿兹卡班的囚徒》、
《哈利·波特与火焰杯》、《哈利·波特与"混血王子"》、
《神奇动物在哪里》（2001）、
《神奇动物：格林德沃之罪》

体型 中型

类型 不死族

特征 人类外形，皮肤惨白，有獠牙

你知道吗？

在去会见巨人族的途中，海格在明斯克遇见了一个吸血鬼

通常认为吸血鬼源自罗马尼亚和特兰西瓦尼亚，他们是巫师社会中的一员。有些糖果甚至是专门为吸血鬼而特别设计的，比如蜂蜜公爵糖果店出售的血味棒棒糖。但是，大部分巫师都非常惧怕吸血鬼，魔法部把他们归类为"非巫师、半人类"，必须小心应对，以免遭遇攻击。

麻瓜非常了解吸血鬼，尤其是在罗马尼亚。传说15世纪的一名暴君穿刺公弗拉德就是嗜血的吸血鬼。在这些传说故事的启发下，布莱姆·斯托克写下了哥特恐怖小说《德古拉》（1897）。在这些故事中，吸血鬼无法被照片或是画像记录下来，在镜子中看不到他们的模样，在太阳下也照不出影子。有些人认为吸血鬼只有得到屋主的许可才可以进入屋内，而且吸血鬼在太阳的照射下会烧成一团火。但是研究证明后面这个说法只是谣传，吸血鬼的皮肤在太阳照射下只会起斑点，并不会着火。

知名吸血鬼

哈利在黑魔法防御课上不仅学到了关于吸血鬼的知识，还在几年后的霍拉斯·斯拉格霍恩的圣诞派对上见到了一名货真价实的吸血鬼。这名吸血鬼名叫血尼，他是在他的巫师朋友兼传记作者埃尔德·沃普尔的陪同之下前来赴宴的。

媚娃 Veela

登场作品
《哈利·波特与火焰杯》、《哈利·波特与"混血王子"》、
《哈利·波特与死亡圣器》

体型 中型

类型 非不死族

特征 白金色头发，皮肤雪白如月光

你知道吗?
媚娃的头发偶尔会被用作魔杖杖芯。芙蓉·德拉库尔的外婆是一名媚娃。芙蓉的魔杖杖芯就是她外婆的头发

　　媚娃以她们迷人的美貌而闻名世界，她们是一种会变形的生物，最强的技能就是能让男性为之神魂颠倒。虽然媚娃从外表上看是美丽的人类女性，但是千万不要被她们的外表所欺骗。如果你激怒了媚娃，你就会看到她们变出鸟的脸，长出覆满鳞片的翅膀，最可怕的是她们能够用双手召唤出火球，并向激怒她们的人发起攻击。虽然媚娃十分可怕，但是长久以来，巫师一直对媚娃痴迷不已。媚娃不仅仅靠她们的美貌迷惑男人，还非常擅长跳舞，能够用妖艳的舞姿魅惑男性，即便是最稳重的男人也会为她们倾倒，迫不及待地向她们表示爱意。哈利第一次见到媚娃是在魁地奇世界杯比赛上，当时保加利亚队带着一群媚娃出现在开幕仪式上。赫敏发现哈利和罗恩在媚娃跳舞时都变得魂不守舍。

　　斯拉夫神话中有一种类似媚娃的生物叫作"媚拉"（vila），这是一种永葆青春的有翼生物，生活在森林、水中甚至云中。和媚娃一样，她们也能变身成为各种生物，比如天鹅和马。

知名媚娃

三强争霸赛期间，来自布斯巴顿魔法学校的参赛勇士**芙蓉·德拉库尔**有着四分之一的媚娃血统，这也是她美艳动人的原因。刚到霍格沃茨的时候，芙蓉表现得非常傲慢无礼，从霍格沃茨的学生到礼堂的食物，都是她公开抨击的对象。和她的媚娃祖先一样，芙蓉也对男性有着致命的吸引力。尽管如此，芙蓉最终还是爱上了比尔·韦斯莱并和比尔结婚。芙蓉用实际行动证明了自己是一位贤妻良母。

芙蓉的妹妹**加布丽·德拉库尔**也有着四分之一媚娃血统，并且和她的姐姐一样美艳动人。哈利在三强争霸赛的第二项任务中第一次见到加布丽，在加布丽遭到格林迪洛（详见第88页）的袭击后，是哈利把她救了出来。这一英勇的举动让哈利赢得了芙蓉的好感，后来芙蓉说加布丽经常提起哈利。

芙蓉和加布丽的母亲**阿波琳·德拉库尔**有着一半媚娃血统，她和两个女儿一样非常美丽，并且有着一头漂亮的金发。和其他勇士的父母一样，她和丈夫德拉库尔先生一同出席了三强争霸赛的第三项比赛，后来还参加了比尔和芙蓉在陋居举办的婚礼。阿波琳和她的女儿一样是一个非常厉害的女巫，尤其擅长家务类咒语。

猫豹 Wampus Cat

登场作品
《神奇动物在哪里》（2017）

体型 小型 / 中型

类型 非不死族

特征 外形类似山狮，黄色眼睛，能以后腿直立行走

你知道吗？
猫豹具备摄神取念的能力，并且会用眼睛催眠猎物

　　猫豹是一种威风凛凛的野兽，伊尔弗莫尼魔法学校四大学院之一的猫豹学院就是以它来命名的。魔法部给猫豹的评级是×××××，这种生物以攻击杀害巫师而闻名。但是猫豹幼崽的攻击性并不强，而且非常贪玩。这些生物往往在黎明时分最为活跃，想要观赏它们最好保持一定距离。

　　猫豹浑身是宝，它们的毛发非常稀有，因为它们的捕捉难度极高。猫豹原产于北美，常出没于茂密的阿巴拉契亚森林。切罗基族巫师和猫豹生活在同一片地区，并且研究猫豹多年。只有他们成功获取了猫豹毛发并将其用作魔杖杖芯。

　　根据切罗基族的麻瓜传说，猫豹其实是一个被诅咒的切罗基女人。她曾经披着野猫皮偷偷观看一次神圣的仪式，没想到被部落长老一眼识破，并把她变成了猫豹。从此以后，她再也无法脱下这一身野猫皮了。

水龙 Water Dragon

登场作品
《神奇动物：格林德沃之罪》

体型 不详

类型 非不死族 （推测）

特征 推测外形像龙，栖息在水中，身上有像蜘蛛一样的寄生虫

你知道吗？
水龙身上的寄生虫会传染给人类

关于水龙的信息并不多，纽特·斯卡曼德怀疑这是一种生活在巴黎下水道中的生物。他是在对一直潜伏在地下的尤瑟夫·卡玛进行检查后得出这一结论的。纽特发现卡玛的泪腺中伸出了一根触手，他用镊子从他的泪腺中夹出了一只像蜘蛛一样的诡异生物，并且确认这是一种寄生在水龙身上的寄生虫。

狼人 Werewolf

登场作品
《哈利·波特与魔法石》、《哈利·波特与密室》、
《哈利·波特与阿兹卡班的囚徒》、
《哈利·波特与凤凰社》、《哈利·波特与"混血王子"》、
《哈利·波特与死亡圣器》、《神奇动物在哪里》（2001）

体型 中型

类型 非不死族

特征 长相似狼，但可以直立行走，尾巴毛发呈簇状，口鼻部和瞳孔与普通的狼不一样

你知道吗？
狼人可以把他们的疾病传染给巫师和麻瓜

狼人是一种非常可怕的生物，他们只有在月圆之夜才会变身为狼，在那之后他们又会恢复人形。在每月一次的变形期间，他们会失去理智，变得残暴凶狠。变身的狼人会攻击任何出现在面前的人类，不论对方是敌是友。魔法部给狼人的评级为×××××，意味着他们是巫师杀手。

被狼形状态下的狼人咬伤后会感染狼化症，只有人类在感染狼化症后会变成狼人。狼化症是不治之症，但是可以进行一定程度的抑制。西弗勒斯·斯内普教授熬制的狼毒药剂可以减轻卢平每个月变形时遭受的痛苦。服用狼毒药剂的狼人在变身后也能保持理智，并远离人类。

狼人源自欧洲。麻瓜对狼人非常熟悉，但对它们的存在也表示怀疑。在麻瓜的文学作品和影视作品中，狼人经常被描绘成邪恶或者被误解的角色。麻瓜还发明了一个词叫"变狼妄想症"，用来指代那些自认为会变身狼人的病人。麻瓜医生认为这是一种精神错乱，但是这也让很多真正的狼人遭到误解。当然，不管你信不信，感染狼化症的人终究都会变成狼人。

知名狼人

芬里尔·格雷伯克是一名食死徒，也是同时代最野蛮的狼人之一，以嗜血和攻击儿童而闻名。虽然他和伏地魔结盟，但是他的终极目标是尽量感染足够多的人，打造出一支狼人大军，接管巫师世界。

莱姆斯·卢平在四岁的时候被芬里尔·格雷伯克咬伤。在得知卢平的秘密后，詹姆·波特、小天狼星布莱克和小矮星彼得在五年级时成为阿尼马格斯，以便在卢平变身狼人期间陪伴他。为了在满月时期保护卢平，避免其他人遭受卢平伤害，他们会把卢平送去霍格莫德村附近的尖叫棚屋，这是一间只有通过打人柳下方的密道才能抵达的小屋。

·吉德罗·洛哈特声称是他击败了著名的**沃加沃加狼人**，但后来他承认这其实是一名亚美尼亚老巫师的功劳。

怀特河怪 White River Monster

出处
哈利·波特官方网站

体型 巨型

类型 非不死族

特征 灰色皮肤，透明脊刺

你知道吗?
1973年，阿肯色州麻瓜政府宣布怀特河的部分水域为"怀特河怪保护区"，并立法禁止在保护区内伤害河怪

怀特河怪是来自美国南部的一种传奇怪物，仅在阿肯色州出没。关于怀特河怪的最早目击记录可追溯至1915年。但是直到1937年，当一名男子声称看见一只大型灰色皮肤生物时，人们才真正开始寻找怀特河怪。当地人制作了一张巨大的网，希望能够活捉这只生物，但是因为不明原因，这一计划很快便被取消。1971年，怀特河怪目击事件再次出现，只是这次对河怪的描述更加细致形象。目击者形容这只生物头部长了一根角，而其他人作证这只河怪足有20英尺长。科学家们怀疑这只怪物可能只是海牛或者海象之类的大型水生生物，只不过远离了自然栖息地。虽然近50年来都没有怀特河怪的踪影，但是关于这只怪兽的传闻在阿肯色州流传了下来。

巫师都知道怀特河怪的脊刺具有魔法。美国魔杖制作人蒂亚戈·奎塔纳会用怀特河怪的脊刺作为魔杖杖芯，这种稀有的杖芯材料能够让魔杖施展出强大的魔法。奎塔纳从未透露自己是如何获得怀特河怪的脊刺的，更别说如何捕捉怀特河怪。这个秘密最终随着他一同进了坟墓，自此以后就没有再出现过这种材质的魔杖。

飞马 **Winged Horse**

登场作品
《哈利·波特与火焰杯》、《哈利·波特与凤凰社》、
《哈利·波特与"混血王子"》、
《哈利·波特与死亡圣器》、《神奇动物在哪里》（2001）

体型 中型 / 大型

类型 非不死族

特征 有翅膀

你知道吗?
魔法部给不同品种的飞马评级是不一样的

　　飞马出现在世界各地的神话故事中，尤其是古希腊和北欧神话。珀加索斯是希腊神话中的飞马，它是波塞冬的孩子，柏勒洛丰就是骑着珀伽索斯杀死了客迈拉兽（详见第37页）。北欧神话中的女武神也骑着飞马。巫师所熟知的飞马有多个不同种类，每一种飞马都有各自的特点和性格。根据法律规定，饲养飞马的巫师必须定期使用幻身咒隐藏飞马，避免麻瓜看见。

　　神符马是一种体型巨大的飞马，它们浑身覆盖金毛，但鬃毛和尾巴为白色。神符马以力气巨大而闻名。布斯巴顿魔法学校校长奥利姆·马克西姆养了一群神符马。她和学生们搭乘马车来霍格沃茨参加三强争霸赛时，负责拉马车的就是神符马。神符马只喝纯麦芽威士忌，饲养这种飞马对力量的要求很高，所以在霍格沃茨期间，马克西姆夫人把神符马全权交给海格照顾。

　　伊瑟龙是一种栗色飞马，在英国和爱尔兰地区，它们是非常受欢迎的宠物。

　　格拉灵全身长满灰色毛发，以超凡的速度而闻名。除此之外，巫师对这种飞马知之甚少。

夜骐是最稀有的飞马，它们浑身漆黑，但眼睛是白色的。夜骐身上没有一点肉，看上去就像一副骨架。虽然长相恐怖，但其实夜骐是一种非常温顺忠诚的生物。作为食肉动物，夜骐很容易被血味所吸引。它们大部分时候是隐形状态，只有目睹过死亡的人才能看见它们，所以夜骐经常被视作一种不祥生物。夜骐有着与生俱来的方向感，所以非常适合长途旅行。海格饲养了一群夜骐，它们生活在禁林深处。这群夜骐是英国仅有的家养夜骐。经过训练，它们不会攻击猫头鹰（详见第144页），并且每年负责把学校的马车从火车站拉到霍格沃茨城堡。

虽然哈利·波特在襁褓之中就目睹了母亲的死亡，但是哈利第一次意识到夜骐在拉马车还是在五年级返校的时候，因为几个月前，他刚刚目睹了塞德里克·迪戈里遇害。卢娜·洛夫古德告诉哈利她也能够看见夜骐，因为她曾经目睹了自己母亲意外身亡。该学期晚些时候，当海格重返霍格沃茨时，他给五年级学生们上的第一节课就是认识夜骐。当然，能看见夜骐的只有哈利和少数几个学生，其他学生只能在一旁愣愣地看着这些隐形生物吃掉海格喂给它们的生肉。后来，哈利和他的朋友们骑着夜骐前往魔法部营救小天狼星。对于罗恩、赫敏和金妮来说，这是一次极其刺激甚至恐怖的体验，因为他们根本看不见这些生物。

老魔杖是唯一已知使用夜骐毛发作为杖芯的魔杖。夜骐毛发是一种极其稀有的魔杖材料，能够赋予魔杖强大的力量。根据巫师童话《三兄弟的故事》，老魔杖是由死神亲手打造的，但是阿不思·邓布利多认为老魔杖的制作者极有可能是安提俄克·佩弗利尔。

知名飞马

乌乌是在禁林里出生的第一匹夜骐，也是海格的课上最早现身的夜骐。

山林仙女 **Wood Nymph**

登场作品
《哈利·波特与火焰杯》

体型 不详

类型 非不死族

特征 人类女性外形，善于唱歌

你知道吗？
推测"山林仙女"可能是护树罗锅（详见第26页）的别名。这些树林守护者常见于法国，但是尚不清楚护树罗锅是否会唱歌

在希腊神话中，山林仙女是德律阿得斯的别名。德律阿得斯是一种自然仙女，负责保护树林。她们以森林或林中空地为家，并且对森林有着深厚的感情。

哈玛德律阿得斯是德律阿得斯的一个分支，她们是树的生命力的化身，通常负责保护橡树或者白杨。哈玛德律阿得斯和所属的树木联系极为紧密，一旦相应树木遭到伤害，哈玛德律阿得斯自身也会受到伤害。如果树木死去，哈玛德律阿得斯也会随之而死。任何随意砍倒或者伤害树木的行为都会招致德律阿得斯的报复。不同种类的德律阿得斯会保护不同的树木，比如达芙妮是月桂树的守护神，赫斯珀里得斯是苹果树的守护神。

芙蓉·德拉库尔来到霍格沃茨后不久，就抱怨霍格沃茨的食物远不如布斯巴顿魔法学校，她还有声有色地讲述布斯巴顿的学生们在用餐时，旁边会有山林仙女齐声合唱。尚不清楚巫师世界的山林仙女是更接近古希腊神话中的山林仙女，还是更接近仙子（详见第61页）和小精灵（详见第151页）。

卢娜·洛夫古德的
魔法生物清单

保护神奇动物课和《神奇动物在哪里》课本覆盖了所有已知的魔法生物，而卢娜·洛夫古德和谢诺菲留斯·洛夫古德还知道不少教科书里没有讲的生物。洛夫古德父女认为，这些生物没有在课本中出现其实都是魔法部的阴谋，是他们不想让巫师世界知晓这些生物的存在。但是在赫敏看来，这些生物没有被正式收录进魔法生物书籍的原因很简单，那就是它们压根就不存在。不论你相信哪种说法，不管你是巫师还是麻瓜，稍微了解一下这些生物都有益无害。

阴谋论

洛夫古德氏非常热衷于各种阴谋论。当哈利想要警告公众伏地魔已经卷土重来时，他虽然得到了洛夫古德氏的支持，但是他们的支持可能是雪上加霜。

早在魔法部用谣言中伤哈利之前，谢诺菲留斯就不信任魔法部了，他在杂志上刊载的那些文章就充分反映出他的不信任。

阿卡危蛆

虽然尚不清楚阿卡危蛆到底是什么东西，但是谢诺菲留斯·洛夫古德坚信魔法部在秘密养殖这些生物。另外，卢娜·洛夫古德认为魔法部神秘事务司的水箱里游动的大脑就是阿卡危蛆。

"aqua"是一个拉丁语词根，意思是"水"；"virius"是一个罗马单词，意思是"病毒"；而"maggot"是苍蝇的幼虫。因此我们可以推测阿卡危蛆应该是一种有害的、黏腻的水生生物。因此卢娜的猜测是不无道理的。

黑利奥帕

黑利奥帕是一种浑身冒火的幽灵，所经之处的一切都会被烧个精光。卢娜坚信康奈利·福吉秘密组建了一支黑利奥帕大军。在邓布利多军第一次集会时，她就滔滔不绝地和纳威分享起了这个阴谋论，直到赫敏不耐烦地把她打断。

"helio"的意思是"太阳"，"path"这个词根有"疾病"或者"感情"的意思。有趣的是，卢娜对黑利奥帕的描述非常像杀死文森·克拉布的历火。

月亮青蛙

顾名思义，月亮青蛙就是生活在月亮上的青蛙。《唱唱反调》的一名记者声称自己骑着一把横扫六星飞上了月球，并且带回来一袋月亮青蛙，作为他曾经去过月球的证明。

中国古代神话中就出现了月球两栖生物的形象。根据传说，嫦娥盗走了长生不老药，并且飞上了月球。虽然她可以保持永生，但作为惩罚，她被变成了一只蟾蜍。有时这只蟾蜍会吞噬月亮，导致月食出现。

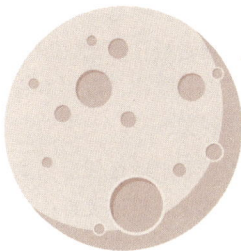

日常生物

洛夫古德氏认为虽然有些生物因为不明原因遭到魔法部的隐瞒，但有不少神秘生物在日常生活中也能碰到，所以你一定要做好万全准备。

泡泡鼻涕怪

很多人并不相信泡泡鼻涕怪真的存在，只有卢娜对此坚信不疑。因为大部分人都没有听过这种生物，所以它很适合用来转移别人的注意力。在霍格沃茨之战期间，伏地魔死后，为了协助哈利逃走，卢娜大喊："噢，快看，一只泡泡鼻涕怪！"所有人都扭头去看，尽管他们也不知道泡泡鼻涕怪究竟是什么，但这让哈利有机会迅速披上隐形斗篷，神不知鬼不觉地溜走。

"blibber"一词类似于"blabber"，意为"滔滔不绝"；"humdinger"是一个俚语，用来形容不同寻常的东西。

蛹钩

突然发现自己正和暗恋对象一同站在槲寄生下面就已经够尴尬了，要是这时还扯上蛹钩，那更让人尴尬到脚趾抠地。目前关于蛹钩的信息并不多，只知道槲寄生里很容易长蛹钩。当秋·张对哈利说他们头顶上挂着槲寄生时，哈利想起卢娜说过的话，于是张口就说槲寄生里可能长了蛹钩（干得漂亮，哈利！）。

骚扰虮

这些微小的隐形生物会在空气中飞行，并钻入你的耳朵，搞乱你的脑子。应对骚扰虮最简单的方法就是拍打周围的空气。在霍格沃茨特快列车上，当卢娜看到哈利一副心不在焉的样子时，就向他提起了这种生物。

小贴士： 如果你发现自己正遭受严重的骚扰虮攻击，请按照卢娜的方法作出如下动作：一边原地旋转，一边把双手举过头顶挥舞，做驱赶蚊虫状。这一招效果如何无法保证，但绝对很吸引眼球。

注意： 虽然在电影中，卢娜·洛夫古德戴上了防妖眼镜寻找骚扰虮，但是小说原作中并没有提到防妖眼镜有这个功能。

遍寻不着的弯角鼾兽

对于洛夫古德家族来说，弯角鼾兽犹如一种圣杯般的存在。虽然洛夫古德父女一直在不知疲倦地搜寻这种神秘生物的蛛丝马迹，但是到目前为止，他们只发现了一只角（而且是别的动物的角）。弯角鼾兽是一种生活在瑞典的腼腆生物，有着高强的魔法。根据卢娜的说法，它们的角具有自愈能力，但是弯角鼾兽不能飞行。

《唱唱反调》的忠实读者似乎一直对这种奇怪的生物保持着极高的兴趣，因为谢诺菲留斯经常会在杂志上刊登关于弯角鼾兽的文章。实际上，在丽塔·斯基特采访哈利的那篇轰动性报道准备在《唱唱反调》上发表时，卢娜甚至告诉哈利这篇文章可能要推迟一周刊出，因为她爸爸有一篇爆炸性的弯角鼾兽目击新闻需要优先登出来。当得知哈利的采访比弯角鼾兽的特别报道更受读者期待时，谢诺菲留斯表现得非常震惊。于是他把哈利的故事卖给了《预言家日报》，然后用这笔钱和卢娜一起远赴瑞典寻找弯角鼾兽。

虽然对弯角鼾兽热情不减，但谢诺菲留斯偶尔也会在杂志版面上腾出些空间，报道巫师社会的热门事件。伏地魔接管魔法部后，

谢诺菲留斯把所有关于弯角鼾兽的文章全部撤掉，专门揭发食死徒的种种恶行。

但是，谢诺菲留斯对于弯角鼾兽的热爱最终让他陷入了比惹恼食死徒更大的麻烦。谢诺菲留斯确信一只毒角兽的犄角是弯角鼾兽的角，于是他买下了这只犄角，作为圣诞礼物送给了卢娜。但是毒角兽的犄角轻轻一碰就会爆炸，所以当食死徒来到他家时，爆炸就发生了。

鉴于谢诺菲留斯的这项毕生爱好，卢娜在离开霍格沃茨后成为一名博物学家也就不足为奇了。虽然她发现了许多新生物，但她一直没有找到弯角鼾兽。最终她被迫承认，这种生物可能只是她父亲想象的产物。基于这个名字，我们可以推测弯角鼾兽是一种长着螺旋状或者弯月形犄角的猪形生物。

"snork"有"鼾声"、"哼哼声"或者"猪崽"的意思，"snorks"也是美国动画剧集《海底小精灵》中的一种水下生物。弯角鼾兽这种生物的灵感源也可能来自刘易斯·卡罗尔的诗《猎鲨记》（The Hunting of the Snarks），这首诗描述的就是寻找一种不存在的生物(Snark)的故事。

骚扰虻 **Wrackspurt**

详见第201页"骚扰虻"。

飞龙 **Wyvern**

登场作品
《哈利·波特与阿兹卡班的囚徒》

体型 大型

类型 非不死族

特征 外形像火龙，两条腿，尾部有刺，通常无法喷火

你知道吗？
在麻瓜民间传说中，飞龙很少会喷火，但有时会吐霜或者喷毒

飞龙基本上就是会飞的大蜥蜴，和火龙（详见第50页）有许多相似之处。飞龙是英国纹章中的常见元素，很多贵族纹章和盾徽中都有飞龙的身影。飞龙也是英国（尤其是威尔士）的常见标志和吉祥物。威尔士的旗帜上就有一只威武的红色飞龙。身为圆桌骑士团成员的卡多根爵士就是凭借在11世纪击败怀伊飞龙而闻名。怀伊飞龙是一只生活在怀伊河沿岸的可怕生物，它吞掉了卡多根爵士的房子，熔化了他的盔甲和剑，还把他的魔杖咬成两截。卡多根爵士逃到了一片田野中，骑上了一匹在附近吃草的健壮小马，紧握着残存的半根魔杖，重新杀回战场。虽然怀伊飞龙将他和小马整个吞下，但是卡多根爵士把魔杖深深地刺进了飞龙的舌头，引燃了它胃部的烟气，导致怀伊飞龙爆炸而死。卡多根爵士和他的小马最后在霍格沃茨的一幅画中获得了永生。这个暴脾气的骑士经常挑衅学生和他决斗。

雪人 Yeti

登场作品
《哈利·波特与密室》、《神奇动物在哪里》(2001)

体型 巨型

类型 非不死族

特征 全身覆盖白毛，推测长相像猿猴

你知道吗?
吉德罗·洛哈特写了一本名为《与雪人在一起的一年》的书，但具体剽窃自哪位巫师的故事则不得而知

　　雪人原产于中国西藏，身高十五英尺，是一种非常可怕的生物，会吃掉任何挡路的动物或者人类。魔法部对雪人的评级是极度危险。水平高的巫师也许可以用火吓跑雪人，但是目前为止还没有人能够近距离接近这种生物并研究它们。因此，尚不清楚雪人是否属于巨怪（详见第187页），或者是截然不同的物种。

　　在喜马拉雅民间传说中，雪人是一种身形巨大的类猿生物。公元前326年，亚历山大征服印度河流域后，就提出要看看雪人是什么样子。但是当地人表示他们无法把雪人带到低海拔地区，否则雪人会在途中死亡（类似反踵人，详见第10页）。几个世纪以来，频繁有人报告称在雪地里看到奇怪的足迹，或是在远处看到不明生物的身影，这些都成了雪人存在的证明。

云伯 *Yumbo*

出处
哈利·波特官方网站

体型 小型

类型 非不死族

特征 全身呈珍珠白色，银色毛发

你知道吗？
云伯类似英国民间传说中一种名叫棕精灵（brownie）的生物。棕精灵会帮人做家务，但是一旦给它们衣物作为报酬，它们就会消失

　　云伯是一种非洲的家养小精灵（详见第99页）。在1998年魁地奇世界杯比赛上，塞内加尔魁地奇国家队的吉祥物就是一群云伯。因为1994年魁地奇世界杯决赛时出现了黑魔标记，并引发食死徒骚乱，世界杯主办方决定加强比赛现场的安保措施，并在没有给出任何明确理由的情况下拘捕了塞内加尔的吉祥物。作为报复，这些云伯偷走了体育馆周边方圆十英里的所有食物，然后消失得无影无踪。

　　云伯是西非神话中的一种生物。爱尔兰作家托马斯·凯特力在他的《仙子神话》（*The Fairy Mythology*）一书中提到这些生物和英国民间传说中的仙子有很多共同之处。根据他的说法，云伯生活在山脚下，喜欢偷人类的玉米。它们会在自己的家中大吃大喝，甚至会邀请外人加入它们。这些生物还会模仿人类的穿着打扮和行为举止，并且会迷恋上人类家庭。云伯可能是祖先的灵魂，也可能是刚去世的人的灵魂。

僵尸 **Zombie**

登场作品
《哈利·波特与魔法石》

体型 中型

类型 魔族

特征 人形，不死

你知道吗?
虽然在麻瓜传说中，阴尸和僵尸有亲缘关系，但是巫师认为这是两种毫不相干的生物

　　僵尸源自海地民间传说，是一种类似食尸鬼的生物，或者更确切地说，是通过魔法复活的死尸。这种可怕的生物可能源自中非或西非传统文化，或者是源自泰诺人的传统文化。在海地的传统文化中，复活僵尸的人可以控制僵尸。还有一种幽灵类的僵尸，它们没有血肉，是人类灵魂的一部分，术士会通过操控它们提升自己的力量。在现代僵尸传说中，能够复活死者的并不总是魔法，还可能是某种寄生虫或者传染病。虽然这些新式的僵尸并不受某一个主人的控制，但是它们是没有自我意识的生物，有时它们唯一的目的就是感染更多正常人，让他们也变成僵尸。在流行文化中，僵尸喜食人脑。和狼人（详见第194页）或者吸血鬼（详见第190页）一样，如果人类被僵尸咬伤，很快就会变成僵尸。

　　哈利上一年级时，奇洛教授告诉学生们他的标志性紫色头巾是一位非洲王子送给他的礼物，因为他曾经从一只僵尸手中救出了那位王子。但实际上，奇洛教授包头巾只是为了隐藏他后脑勺上的伏地魔的脸。

驺吾 *Zouwu*

登场作品

《神奇动物：格林德沃之罪》

体型 巨型

类型 非不死族

特征 外形像猫，鬃毛很长，有巨大獠牙，有巨蟒一样的尾巴，日行千里

你知道吗？

在中国古典文学中，驺吾（又作"驺虞"）有时被描绘成带黑色斑点的白虎，甚至有学者认为"驺虞"其实就是大熊猫

　　驺吾外形像猫，但长着雄伟的鬃毛、长长的尾巴和锋利的獠牙。虽然驺吾受惊时会非常凶狠，但是大部分时候它是一种非常温顺的动物，和家猫差不多。纽特·斯卡曼德在巴黎就遇见了一只驺吾，当时这只动物被神秘马戏团的团长关在笼子里。克莱登斯·巴瑞波恩在马戏团纵火并和纳吉尼一起逃跑时，这只驺吾也抓住机会逃出了马戏团。纽特用一个玩具吸引了驺吾的注意，并把它引进了他的箱子。之后，纽特解开了驺吾身上的镣铐，并帮它治好了满身的伤口。驺吾一跃能飞出特别远的距离（用纽特的说法是"日行千里"）。当纽特、蒂娜·戈德斯坦和莉塔·莱斯特兰奇要逃离法国魔法部时，驺吾的这项技能派上了用场。

　　在中国古代神话中，驺吾虽然外形凶悍，但实际上是一种非常温顺的食草动物。据说驺吾只会在明君治世的时候出现。